Max Gallo, né à Nice, est d'origine italienne. Il débute comme technicien tout en poursuivant des études d'histoire et entame alors une brillante carrière d'universitaire. Il obtient l'agrégation, le doctorat ès lettres et enseigne à l'université de Nice puis à l'Institut d'études politiques de Paris. Parallèlement, Max Gallo se lance dans le journalisme – il sera pendant dix ans éditorialiste à *L'Express* – et dans la politique. Après avoir été ministre puis député européen, il se retire de la vie politique pour se consacrer à l'écriture et rencontre un vif succès. Ses fresques historiques et ses biographies allient le souffle haletant des épopées à la rigueur de l'érudition. Plongé au cœur de l'Antiquité ou au beau milieu des batailles napoléoniennes, le lecteur entre avec délectation dans les méandres d'une histoire grandiose dont il est le descendant. Max Gallo est membre de l'Académie française depuis le 31 mai 2007.

Caïn et Abel

Du même auteur
aux Éditions J'ai lu

Morts pour la France
LE CHAUDRON DES SORCIÈRES
N° 7504
LE FEU DE L'ENFER
N° 7622
LA MARCHÉ NOIRE
N° 7745

L'Empire
L'ENVOÛTEMENT
N° 7836
LA POSSESSION
N° 7992
LE DÉSAMOUR
N° 8133

La croix de l'Occident
PAR CE SIGNE, TU VAINCRAS
N° 8218
PARIS VAUT BIEN UNE MESSE
N° 8328

Les Romains
SPARTACUS - LA RÉVOLTE DES ESCLAVES
N° 8549
NÉRON - LE RÈGNE DE L'ANTÉCHRIST
N° 8328
TITUS - LE MARTYRE DES JUIFS
N° 8623
MARC AURÈLE - LE MARTYRE DES CHRÉTIENS
N° 8821
CONSTANTIN LE GRAND - L'EMPIRE DU CHRIST
N° 8848

L'ÂME DE LA FRANCE - 1
N° 8906
L'ÂME DE LA FRANCE - 2
N° 8907
LE ROMAN DES ROIS
N° 9464

MAX
GALLO

Caïn et Abel

ROMAN

J'AI LU

« L'Homme a connu Ève, sa femme ; elle conçut et enfanta Caïn... Elle donna aussi naissance à Abel, frère de Caïn...

Le temps passa...

Un jour, Caïn dit à son frère Abel : "Allons dehors", et, comme ils étaient en pleine campagne, Caïn se jeta sur son frère Abel et le tua. »

Genèse, IV, 1-8

« Écris donc ce que tu as vu, ce qui est et ce qui va être après. »

Apocalypse de Jean, I, 19

« En ces jours-là les hommes chercheront la mort et ne la trouveront pas, ils désireront mourir et la mort les fuira. »

Apocalypse de Jean, IX, 6

PREMIÈRE PARTIE

La grotte de l'Apocalypse

Si l'histoire d'un crime perpétré à l'origine des temps et annonçant tous les autres crimes ne vous fascine pas, suscitant en vous angoisse et effroi ;

Si, ne fût-ce qu'un jour, l'espérance n'a pas exalté votre âme ;

Si l'histoire des hommes et des femmes qui, depuis les commencements, ont voulu bâtir sur notre terre une cité idéale où régneraient l'amour et la justice, vous indiffère ;

Si vous ne voulez rien savoir de ces prophètes tourmentés qui voyaient Dieu et qui, à leur insu, étaient parfois habités et menés par le Diable ;

Si vous refusez de connaître ces hérétiques ou ces mécréants qu'on a traqués comme des bêtes sauvages dans les forêts, qu'on a torturés, écorchés vifs, brûlés, crucifiés comme le fut le Christ qu'ils invoquaient,

Alors, détournez le regard.

Mais si vous vous interrogez sur les causes et les circonstances du premier crime, ce fratricide ;

Si vous êtes émus par le sort de ces hommes et de ces femmes, bourreaux d'eux-mêmes, qui avançaient en tâtonnant dans les ténèbres et qui ont vu « le ciel ouvert, et un cheval blanc, et celui qui est dessus s'appelle Fidèle et Véritable »,

Alors, comme le dit l'apôtre Jean dans l'Apocalypse, vous êtes « dignes d'ouvrir le livre écrit au-dedans et au dos, et scellé de sept sceaux ».

Vous êtes dignes d'en rompre les sceaux.

1

Moi qui vous parle, mon nom est Di Pasquale.

Je suis commissaire de police principal à Paris, rattaché directement au ministre de l'Intérieur.

Il y a quelques mois, j'avais reçu mission d'enquêter, en collaboration avec la police grecque, sur la mort de Paul Déméter, un universitaire de quarante-sept ans, titulaire de la chaire d'histoire du christianisme au Collège de France, dont on avait retrouvé le corps sur l'île de Patmos, à quelques pas de la grotte de l'Apocalypse.

Je me suis rendu à Patmos. Je suis entré dans la grotte de l'Apocalypse.

C'est là que l'apôtre Jean, condamné à l'exil par le pouvoir impérial de Rome, avait dicté ses prophéties à son disciple Prochoros.

Dans la grotte, j'ai vu le rocher qui servait de pupitre à Prochoros et j'ai imaginé le scribe attentif à la parole du Maître, écrivant le troisième verset du chapitre premier de l'Apocalypse de Jean :

« Magnifiques, celui qui lit et ceux qui entendent les paroles de cette prophétie et gardent ce qui y est écrit, car l'instant est proche. »

« Votre compatriote a été égorgé comme un agneau », m'a dit le commissaire Vassilikos en m'accueillant à Skala, le port de Patmos.

Il m'a invité à déjeuner et nous nous sommes installés à la terrasse d'un des restaurants que les frondaisons des platanes abritent du soleil.

Vassilikos n'a répondu à aucune des questions que je lui posais, préférant me montrer, à l'horizon, les îles du Dodécanèse, dont la plus proche, Samos, la côte et les sommets d'Asie Mineure, tout en évoquant Thucydide, les empereurs romains qui, tels Néron et Domitien, déportèrent sur ces îles ceux qu'ils étaient las de livrer aux bêtes.

L'apôtre Jean fut l'un de ces relégués.

Patmos était ainsi devenu un lieu de rencontre, une sorte de cratère où brûlaient la foi intense, la passion mystique, mais aussi les hérésies.

Là, Dieu était apparu à Jean et lui avait dit :

« Ce que tu vois, écris-le dans un livre et envoie-le aux sept Églises. »

J'ai interrompu Vassilikos et cité l'un des versets du chapitre premier qui fait écho à celui que Vassilikos venait d'énoncer :

« Écris donc ce que tu as vu, ce qui est et ce qui va être après. »

Le Grec m'a dévisagé, ne cherchant à cacher ni sa surprise, ni son irritation, ni même sa colère.

Je lui avais volé ce qui lui appartenait en propre.

« Comme un agneau... », a-t-il répété.

Et, détournant la tête, parlant d'une voix sourde, lasse et méprisante, il a égrené tout ce qu'il savait sur Paul Déméter.

Le Professeur, comme il l'appelait – « Déméter ? un nom allemand, n'est-ce pas ? » –, avait acheté une bergerie proche du monastère Haghios Ioannis Théologos, à deux kilomètres de la grotte de l'Apocalypse.

Il vivait là trois ou quatre mois chaque année, travaillant à la bibliothèque du monastère, l'une des plus riches de Grèce. Il avait consulté des dizaines de manuscrits et sa maison était remplie de carnets de notes et de dossiers, son ordinateur bourré de centaines de pages.

L'été, il recevait pendant plusieurs semaines des étudiants de nationalités différentes.

La police avait répertorié cette dernière année un Grec, un Allemand, une Italienne, une Polonaise, un Espagnol, un Français. Ils ne se quittaient pas, se promenant ensemble, s'asseyant sous les oliviers, parlant à voix basse, parfois toute la nuit. Ils n'étaient jamais allés en pèlerinage à la grotte de l'Apocalypse, et ne descendaient que rarement au port de Skala. Ils s'y étaient néanmoins rendus pour accueillir un homme vêtu, comme un adolescent, d'un jean et d'une chemise de toile bleue. Mais il ne faisait pas illusion, malgré son chapeau de toile et son sac à dos. Ce septuagénaire était ridé comme une vieille femme, ses cheveux mi-longs encadraient un visage à la peau flasque, aux traits indécis. Sa silhouette était celle d'un homme las, comme affaissé sur lui-même, à l'estomac proéminent et aux membres grêles.

Les étudiants et Paul Déméter, qui l'entouraient de prévenances, portant son sac, l'appelaient Platon et – mais avec affection – « le Vieux ».

J'ai une nouvelle fois irrité Vassilikos en murmurant le nom du « Vieux » : Louis Veraghen.

Les services de l'ambassade de France à Athènes m'avaient communiqué les principaux éléments de son dossier. Il avait séjourné en Palestine, surveillé par les services secrets israéliens. Alertés, les agents français avaient pris le relais. Veraghen était soupçonné d'inspirer des groupes prônant l'action violente et même le terrorisme. Il rédigeait leurs textes, leurs appels à la révolte des « Multitudes ». Veraghen avait créé et dirigé *La Cité du Soleil*, une revue qui reprenait le nom d'une société idéale imaginée au XVIe siècle par le moine dominicain Tommaso Campanella, un fils de paysans calabrais.

Comment aurais-je pu l'oublier, moi dont la famille était originaire de cette terre sauvage, péninsule d'insoumission qui avait connu tant de rêveurs et de fous de justice mêlant mystique, religion et révolution ?

Je n'en avais rien dit à Vassilikos, me contentant de lui indiquer – mais peut-être le savait-il ? – que Louis Veraghen, professeur émérite de philosophie, s'était rendu plusieurs fois, au cours des dernières années, à Patmos, et qu'à Paris il rencontrait souvent Paul Déméter.

Vassilikos a haussé les épaules, s'est levé, m'a montré la route montant vers la grotte de l'Apocalypse. Il m'a fixé, la tête penchée, son regard passant au-dessus de la monture métallique de ses lunettes rondes.

« L'Apocalypse, on doit d'abord l'affronter seul », a-t-il dit.

Puis il m'a tourné le dos.

Deux heures plus tard, il m'attendait sous le porche du petit monastère dont les bâtiments encerclent la grotte. Il s'est approché d'une niche creusée dans les pierres du mur et encadrée par deux colonnes en marbre. Elle avait la taille d'un homme de haute stature, et un socle, à sa base, suggérait qu'elle avait abrité une statue.

« Il était là, votre agneau », a lancé Vassilikos.

J'ai remarqué la trace brune qu'avait laissée sur le marbre le sang de Paul Déméter.

« Malheur, malheur, malheur aux habitants de la terre ! » a récité Vassilikos.

Je connaissais ce verset du chapitre VIII de l'Apocalypse. À première lecture, il avait résonné en moi comme s'il avait décrit la guerre dont mes proches avaient été les témoins, les corps brûlés, fondus, ces villes devenues des amoncellements de pierres, ces espaces contaminés pour des siècles, ce sol vitrifié. Prononcés par

Vassilikos, les mots de l'Apocalypse m'ensevelissaient et me dévoraient à nouveau :

« Ç'a été de la grêle et du feu mêlés de sang et jetés sur la terre... et une sorte de grande montagne ardente s'est jetée dans la mer... et une grande étoile ardente comme une torche est tombée du ciel... Le nom de cette étoile est Absinthe... et beaucoup d'hommes sont morts à cause des eaux devenues amères... et le tiers du soleil et le tiers de la lune et le tiers des étoiles ont été frappés. Ils ont été obscurcis d'un tiers... Et j'ai vu et entendu un aigle voler au zénith et dire à grande voix : “Malheur, malheur, malheur aux habitants de la terre !” »

Je me suis tu. L'émotion m'avait saisi. Je voyais le corps de Déméter poussé, enfoncé, égorgé dans cette niche, son cercueil de pierre.

« Un agneau debout comme égorgé », ai-je seulement ajouté, citant le début du verset 6 du chapitre V de l'Apocalypse de Jean.

« Il avait sept cornes et sept yeux qui sont les sept esprits de Dieu envoyés à toute la terre », a complété Vassilikos.

Tout à coup, une colère, une révolte nourries par l'émotion m'ont submergé.

« Déméter était un homme, seulement un homme, et c'est seulement un homme qui l'a égorgé ! » me suis-je exclamé en m'éloignant.

J'ai marché sous les oliviers, butant contre les mottes de terre sèche.

Puis je me suis assis sur un muret, et Vassilikos m'a rejoint. Il m'a offert l'un de ces cigares italiens qu'on nomme toscans, durs comme du bois, dont la saveur corrosive déchire les lèvres et la gorge.

« Personne n'échappe à l'Apocalypse, a-t-il murmuré après un long silence. Pourtant, vous ne croyez pas en Dieu, si je ne me trompe ? »

2

Je n'ai pas répondu à Vassilikos, qui hochait la tête comme si mon silence l'accablait.

« À Patmos, a-t-il dit d'un ton apitoyé, si on ne croit pas en Dieu, on quitte l'île ou bien on meurt. »

Il a passé son bras autour de mes épaules et murmuré que Paul Déméter avait peut-être été victime de cette loi.

« Chacun sait ici que Dieu chasse l'impie : mort ou vif, il doit partir ! »

Je me suis dégagé et écarté comme si Vassilikos avait été un être maléfique ranimant les peurs et les colères de mon adolescence quand, en vacances en Calabre, je vivais entouré de femmes en noir. Elles se signaient d'un geste vif, répété à chaque instant. Elles égrenaient leur chapelet, s'agenouillaient sur les dalles disjointes de l'église, attendant de recevoir la communion. Elles avalaient l'hostie avec avidité, me poussaient vers l'autel, et je me répétais le mot que m'avait appris mon père : « Anthropophages ! maugréait-il. Ce sont toutes des anthropophages ! »

Je les fuyais, ces tantes, ces cousines, ces nièces, ces veuves. Je rejoignais les hommes. J'écoutais le récit de leurs exploits, de leurs débauches. Parfois, l'un d'eux, « Professore », me parlait des fous, de ce rebelle, *il Re dei boschi*, le Roi des bois, de ces moines hérétiques qui avaient poussé en Calabre comme des champignons vénéneux. J'aimais leurs noms : Joachim de Flore, Campanella, bien d'autres qui prétendaient avoir vu le Seigneur Jésus Christ et rêvé d'instaurer sur terre le règne de la Justice et de l'Amour, et plus encore celui de l'égalité entre les hommes.

Fous, oui, ces moines-là que le Diable, la Bête aveuglaient. Et les hommes aussi se signaient comme les femmes, s'agglutinaient dans l'église que j'appelais « la Monstrueuse », qui écrasait le village de sa hautaine silhouette de matrone toute-puissante.

Comment aurais-je pu croire en Dieu ?

Je m'étais jeté dans la raison comme on se précipite par-dessus le bastingage pour échapper au naufrage.

Je m'étais englouti dans le Droit. J'avais revêtu l'uniforme aux broderies d'argent des commissaires de police et j'avais commencé à déambuler par les sentines de la société, reniflant les traces d'hommes corrompus que je devais saisir à la gorge et empêcher de nuire.

J'étais un chien et ne valais guère mieux que ceux que je traquais. L'Apocalypse de Jean nous condamnait les uns et les autres :

« Dehors, les chiens ! s'écriait Dieu. Dehors, les drogueurs, les prostitueurs, les meurtriers, les idolâtres, et quiconque aime ou fait le mensonge ! Dehors, les craintifs, les mécréants, les horribles ! Leur part est dans l'argent, étang de feu et de soufre qui est la seconde mort. »

Avec ces hommes-là que je pourchassais, que je menottais, Jean me jetait dans l'« étang de feu et de soufre ».

Où était le Seigneur de Miséricorde ?

« Dieu ! Le Diable ! Assez de divinités barbares, Vassilikos ! ai-je lancé. Il n'y a que des hommes, et les hommes ça pue, ça égorge, ça saigne ! Et, à la fin, quoi qu'on ait cru, pensé ou dit, on s'en va. On part de Patmos ou d'ailleurs. »

Vassilikos m'a dévisagé avec compassion. Une moue de mépris, voire de dégoût, a déformé sa bouche et j'ai eu la tentation d'écraser du poing ses grosses lèvres humides.

Il a commencé à fouiller dans ses poches, sans me quitter des yeux, en marmonnant d'une voix grave :

« Dieu juge chacun selon ses œuvres : Jean le dit dans son Apocalypse. Et si quelqu'un n'est pas inscrit dans le Livre de vie, on le jette dans l'étang de feu. Hâtez-vous donc d'être inscrit dans ce Livre ! »

Puis il m'a tendu les clés de la maison de Paul Déméter.

3

C'était la maison de la Mort.

Dès mes premiers pas dans la grande salle du rez-de-chaussée, j'ai vu le lit défait, les draps froissés, la tache brune qui maculait l'oreiller.

C'était le sang séché de Paul Déméter. On avait dû l'égorger ici pendant son sommeil, puis on avait porté son corps jusqu'au monastère et on l'avait encastré dans la niche, d'où son sang avait coulé sur le marbre.

Mais c'était bien ici, dans sa maison, que Paul Déméter avait vécu l'Apocalypse.

J'ai regardé autour de moi.

C'était la maison de l'écrit. Les livres remplissaient des rayonnages, formaient des piles appuyées contre les murs. Des carnets, des dossiers, des cahiers s'entassaient sur une longue table de bois noir placée face aux trois étroites fenêtres ouvrant sur la mer. Je me suis assis là où Déméter devait s'installer pour lire et écrire. Ses avant-bras avaient poli le rebord de la table, qui s'en trouvait arrondi.

Une couche de poussière recouvrait les objets, et personne ne paraissait avoir bouleversé l'ordre que Paul Déméter avait choisi. J'ai repoussé l'ordinateur et ouvert un grand cahier à la rouge couverture entoilée. Plusieurs versets du chapitre II de l'Apocalypse de Jean étaient recopiés et encadrés sur la première page.

Au moment où je m'apprêtais à les lire, j'ai eu le sentiment d'une présence. J'ai fait vivement pivoter le fauteuil et ai découvert derrière moi, accroché au mur, le portrait d'une adolescente. Le peintre avait utilisé des teintes sombres, peut-être pour mieux souligner la fixité du regard : deux points presque blancs, avec une nuance dorée, flamboyaient dans un visage anguleux. Les avant-bras, repliés et croisés, étaient dénudés, maigres. Les mains s'agrippaient aux épaules. On devinait, sous la robe noire, un corps décharné.

C'était le portrait d'une morte dont seuls les yeux vivaient encore.

Qui était-ce ? Fille, sœur, ou bien mère ou épouse dans leur jeune âge ?

À moins qu'elle ne fût qu'une inconnue entrée par hasard dans la vie de Déméter, leurs regards s'étant croisés. Elle, immobile dans la vitrine de la galerie qui se trouve rue des Écoles, en face du Collège de France ; lui, venant d'achever son cours et se dirigeant d'un pas lent vers la rue des Bernardins où il demeurait, et tout à coup arrêté net par ces deux points brillant comme des étoiles dans un ciel couleur de cendre.

J'ai longuement sondé ce visage, puis je me suis levé et, sans hésiter, j'ai retourné le cadre comme si j'avais su qu'une indication figurait sur l'un des montants ou sur la toile. Et j'ai lu, écrit à l'encre noire, sur la partie horizontale du cadre : « Marie, l'année de sa mort », suivi d'un point d'interrogation. Et sur l'un des montants verticaux, ces mots ajoutés plus tard, l'encre et la graphie étant différentes : « Le peintre n'est pas le tueur. Le criminel, c'est moi qui n'ai pas su, par égoïsme, empêcher la lente agonie de celle à qui Dieu m'avait permis de donner la vie. »

Celle que j'ai appelée depuis lors la « Pauvre Décharnée » n'était donc pas une inconnue pour Paul Déméter, mais l'être dont il était sans doute le plus proche.

Je suis revenu m'asseoir à sa place et, sur le petit carnet que j'entame à chaque nouvelle enquête et que je clos seulement quand je crois avoir démasqué le coupable, j'ai écrit : « Marie Déméter ? La jeune morte, la fille de Paul Déméter. »

Je suis resté là alors que le soir tombait ; j'ai déplacé les dossiers, défloré les premières pages des manuscrits qu'ils contenaient.

J'ai tenté de comprendre les projets de Déméter.

Un dossier était consacré à l'Apocalypse de Jean, un autre à la guerre des Paysans en Allemagne lorsque, au XVIe siècle, guidés par un moine hérétique, Thomas Münzer, ils avaient brûlé les châteaux, empalé les seigneurs, violé les épouses. Mais Déméter allait aussi de la première croisade à Auschwitz, et parfois une phrase en rouge, soulignée, au lieu de m'éclairer, me laissait perplexe.

« Saisir le lien, écrivait-il ainsi, de l'Apocalypse de Jean à la mort de Marie. La descendance de la Bête ? Sa présence éternelle, l'autre face de Dieu ? Mort et résurrection : faut-il laisser mourir pour connaître l'aube resplendissante de la résurrection ? »

J'ai rouvert le grand cahier à la rouge couverture entoilée et scandé à voix haute les versets pour me persuader que je n'étais pas enseveli dans cette maison de l'Apocalypse, que Paul Déméter et la « Pauvre Décharnée » ne m'avaient pas entraîné avec eux.

« Je sais tes œuvres, ton travail et ta résistance, ai-je lu, et que tu ne peux supporter les mauvais. Tu as éprouvé ceux qui se disent apôtres, et ils ne le sont pas, et tu les as trouvés menteurs.

« Mais j'ai contre toi, que tu as laissé, ton premier amour.

« Et je sais où tu habites, là où est le trône de Satan. »

Paul Déméter avait ajouté d'une écriture écrasée, aux lettres déformées, que j'avais eu du mal à déchiffrer :

« L'Apocalypse de Jean dévoile la vérité de ma vie. Puis-je y survivre ?

« Verset 6 du chapitre IX : "En ces jours-là les hommes chercheront la mort et ne la trouveront pas, ils désireront mourir et la mort les fuira."

« Jusqu'à quand ? »

Contrairement à ce que croyait Vassilikos, Déméter ne pouvait être un impie.

4

J'ai refermé le cahier rouge et fui la maison de Paul Déméter. C'était le royaume de la Mort, l'abattoir où l'on égorgeait. Là où Satan avait son trône et la Bête, sa tanière.

Je m'en suis voulu de me laisser envahir par ces mots, ces images, d'accepter ainsi ces croyances que j'avais toujours qualifiées de primitives.

Durant toute mon adolescence j'avais ricané devant mes tantes, mes cousines, mes nièces, toutes ces veuves noires, ces Calabraises vivant dans la crainte du Démon, cette Bête qu'elles écartaient d'une prière, d'un geste rituel, index et auriculaire tendus, les autres doigts repliés.

Je m'étais esclaffé quand j'avais lu, au chapitre XIII de l'Apocalypse de Jean, la description de la Bête « qui monte de la mer avec dix cornes et sept têtes, et sur ces cornes dix diadèmes, et sur ces têtes des noms blasphématoires... Tous les habitants de la terre se prosterneront devant elle, ceux dont le nom n'est pas inscrit depuis la fondation du monde dans le Livre de vie de l'agneau égorgé ».

J'avais été à la fois intrigué et révolté par la puissance que Jean, et son Dieu dont il était l'interprète, accordaient à Satan, à la Bête :

« Elle fait qu'à tous, petits et grands, riches et pauvres, libres et esclaves, soit donnée une marque sur la main droite ou sur le front pour que personne ne puisse acheter ou vendre s'il n'a la marque, le nom de la Bête ou le chiffre de son nom.

« Ici est la sagesse : que l'intelligent calcule le chiffre de la Bête, car c'est un chiffre d'homme, et ce chiffre est 666. »

Or ce n'était là que la valeur numérique des lettres de l'empereur Néron en hébreu !

Et maintenant, parce que j'avais découvert une tache de sang séché sur un oreiller, que j'avais fixé les yeux d'une morte, je capitulais devant ces fables barbares et rejoignais le troupeau des crédules et des superstitieux ? Des femmes de Calabre !

Allons, allons, que la raison se rebiffe, qu'elle recouvre son empire !

Je me suis efforcé de ralentir le pas, de m'arrêter souvent et, campé, jambes écartées, j'ai croisé les bras, le menton levé vers ce grand ciel implacablement vide et silencieux, seulement peuplé de nos terreurs et de nos rêves.

Pauvres humains effrayés de vivre et de mourir, et qui tentent depuis l'origine des temps de tendre leurs mains vers les étoiles !

Pitoyable fou, Paul Déméter, qui cachait sous les défroques de la superstition son sentiment de culpabilité, ses frayeurs ! Il avait oublié – et sa vanité se trouvait ainsi comblée – qu'il n'était pas le seul père à avoir perdu un enfant, cette Pauvre Décharnée, cette Marie au regard fixe qui n'était qu'une malade qu'il eût fallu confier à un médecin.

Une dose quotidienne de lithium et c'en était fait de la peur, de Satan, de la Bête !

Mais comment se satisfaire de cette banale guérison alors qu'on pouvait s'agenouiller et trembler, implorer la Bête qui « fait descendre un feu du ciel sur la terre » ?

Mieux valait le royaume de Satan qu'un ciel vide.

J'ai repris ma marche vers le port de Skala, martelant le sol comme pour me convaincre à coups de talon que j'avais la force de refuser cette maladie de la raison qui faisait préférer le mythe à l'explication lucide, le fantastique au réel, la Bête au cancer, Satan à la dépression.

J'ai voulu arracher ces masques grimaçants qui dissimulent la cruauté quotidienne de la maladie, l'évidente banalité de la mort.

Peut-être Paul Déméter s'était-il réfugié dans l'idée que la disparition de sa fille était la décision maléfique de Satan, non la conséquence d'une pathologie ?

Ç'avait été sa manière à lui d'accepter l'inéluctable et de magnifier le souvenir de Marie la décharnée, victime de dieux obscurs.

Et tous deux, père et fille, faisaient ainsi figure d'agneaux égorgés, sacrifiés comme le Christ.

Je me suis souvenu d'un des versets de l'Apocalypse de Jean qui m'avait révolté lorsque je l'avais découvert en première lecture :

« Voici, je la jette au lit, la femme qui ne veut pas se convertir de sa prostitution, et ses complices d'adultère, je les jette à une grande affliction… Et ses enfants, je les tuerai à mort. »

Tout à coup, retrouvant fichée dans ma mémoire l'expression de cette violence meurtrière, mes résolutions, ma raison sont devenues cendres.

Je me suis senti vulnérable, coupable de profanation, de sacrilège, prêt à supplier ce Dieu « qui scrute les reins et les cœurs » de ne pas user contre moi de sa « trique de fer ».

C'étaient là les mots de Dieu selon l'Apocalypse de Jean, et j'ai eu hâte de rejoindre Skala, de me réfugier dans la chambre que j'avais louée à l'hôtel Xénia, dont les fenêtres donnaient sur les quais du port.

Je me suis mis à courir. Ce n'était pas pour m'adonner au plaisir de la course, comme je faisais souvent, mais pour m'éloigner au plus tôt de cette maison de l'Apocalypse et tenter d'oublier ce que Paul Déméter avait écrit en affirmant que l'Apocalypse dévoilait la vérité de sa vie.

Comme une évidence inattendue, fulgurante, j'ai pensé que les prophéties de Jean me concernaient, qu'elles révélaient la vérité de chaque existence humaine, donc de la mienne aussi. Que le sens de ma vie, je pouvais le découvrir également dans le miroir de l'Apocalypse.

Comme chaque homme, j'étais « malheureux, pitoyable, pauvre et nu », promis comme les autres à la mort.

J'ai couru aussi rapidement que je pouvais, dévalant les sentiers, sautant de planche en planche, heurtant des racines d'olivier qui affleuraient, perçant la terre caillouteuse. Puis j'ai senti mes jambes vaciller, le souffle m'a manqué et j'ai eu l'impression qu'on enfonçait dans ma gorge et collait sur mes lèvres des poignées d'étoupe. Mon cœur s'est affolé, ses battements envahissant ma bouche, et j'ai suffoqué.

Il a fallu que je m'accroupisse, la tête ballant sur ma poitrine, la nuque ployée sous le joug.

J'ai songé à mon père qui avait agonisé plusieurs mois, les poumons bloqués, survivant à l'aide d'une assistance respiratoire, ce masque et ces tubes qui déformaient son visage, ne laissant voir que ses yeux fixes qui suppliaient, demandaient grâce, lui aussi pauvre décharné que la mort avait déjà rongé.

Et j'ai murmuré, la peur me tordant le ventre :

« Ne crains pas ce que tu vas subir. »

C'était là un verset de l'Apocalypse de Jean qui s'adressait à chaque être, à Déméter comme à mon père, à moi comme à Marie !

J'ai répété cette pieuse médication, mensonge et espérance.

Et je me suis agenouillé, le front appuyé au tronc d'un olivier.

Peu à peu, j'ai recouvré ma respiration. Je me suis redressé et j'ai marché lentement, refoulant les battements de mon cœur au fond de ma poitrine, atteignant enfin le port de Skala, rassuré d'apercevoir l'enseigne bleue de l'hôtel Xénia.

J'ai poussé la porte de ma chambre, imaginant que j'allais m'ensevelir dans le sommeil. Et j'ai murmuré cet autre verset de l'Apocalypse qui transcrit la parole de Dieu :

« Sois fidèle jusqu'à la mort, et je te donnerai la couronne de vie. »

Et cependant je n'ai pas fermé l'œil de toute cette nuit-là.

5

Nuit violente, oppressante.

Je me suis débattu comme un homme qui se noie, repoussant la couverture, froissant les draps, me levant, me recouchant, contemplant ce lit défait, cet oreiller roulé en boule, m'asseyant enfin à la petite table qui, entre les deux fenêtres, me servait de bureau.

Le livre de l'Apocalypse était resté ouvert. J'ai lu le verset 9 du chapitre V :

« Tu es digne de prendre le livre et d'en briser les sceaux, car tu as été égorgé, et avec ton sang tu as acheté pour Dieu parmi toute tribu, langue, peuple et nation. »

Je me suis persuadé que Déméter avait recherché ce sacrifice qui, par la mort, le sauvait de la mort.

J'ai relevé la tête. Il m'a semblé voir, sur les murs de la chambre, la trace brune de son sang, le portrait de la Pauvre Décharnée, Marie, dont les yeux fixes me rappelaient ceux de mon père.

J'ai ouvert les volets.

Je me suis penché. Tout était paisible : les quais du port déserts, la mer lisse, le ciel impavide. Mais, au lieu de m'apaiser, cette quiétude m'affolait. J'aurais voulu que le va-et-vient des vagues, les hurlements du vent, le fracas des coques des voiliers et des barques qui se heurtaient, m'envahissent, comblent ce vide que l'angoisse creusait dans ma poitrine.

Je suis retourné m'asseoir à la table et j'ai été emporté par la voix qui jaillissait des pages du livre. Je n'étais plus enfermé dans cette chambre, je n'avais plus devant moi un ciel vide :

« Un trône était dans le ciel, et quelqu'un assis sur le trône… Du trône sortent des éclairs, des voix et des tonnerres. Il y a devant le trône sept torches d'un feu ardent qui sont les sept esprits de Dieu. »

J'ai lu et relu jusqu'à l'aube.

J'ai vu ouvrir les sept sceaux qui scellaient le Livre.

Du premier est sorti un cheval blanc, et « celui qui était dessus avait un arc. On lui a donné une couronne et il est sorti vainqueur et pour vaincre ».

Du deuxième a bondi un cheval rouge. « Celui qui était dessus, on lui a donné d'ôter la paix de la terre, que les gens s'entr'égorgent, et on lui a donné un grand sabre. » C'est le cheval de la violence et de la guerre.

Le cheval noir qui sort du troisième porte la famine, et le quatrième a le pelage blême, « et celui qui était dessus s'appelait la peste ».

Du cinquième s'élèvent les plaintes des « âmes de ceux qui ont été égorgés à cause de la parole de Dieu ». Ils réclament vengeance, et « leurs frères vont être tués comme eux ».

Quand on a ouvert le sixième sceau, ç'a été « une grande secousse, le soleil a été noir comme un sac de crin, la lune entière a été comme du sang ».

Et quand on a brisé le septième, ç'a été le silence dans le ciel. « Et j'ai vu et entendu un aigle voler au zénith et dire à grande voix : "Malheur, malheur, malheur aux habitants de la terre !" »

Où est l'espérance ?

S'élancent vers moi les chevaux de l'Apocalypse, blanc, rouge, noir, blême.

Est-ce là ma vie, est-ce là la Vie ?

Le salut ne venant qu'après la mort ?

Pourquoi naître si c'est pour mourir ?

Je lis : « Les sept tonnerres font parler leurs voix. »

Les villes sont détruites, « ç'a été des éclairs, une secousse et une grande grêle...

« Et on a vu un grand signe dans le ciel, une femme vêtue de soleil, avec la lune sous ses pieds et une couronne de douze étoiles sur sa tête.

« Elle est enceinte, elle crie dans les douleurs, en tourments d'enfanter.

« Un dragon rouge se tient devant la femme qui va enfanter pour dévorer son enfant quand elle enfantera. »

J'ai refermé le livre de l'Apocalypse, l'ai violemment repoussé et il a chu sur le sol de dalles rouges.

6

Rouge a été la couleur de l'aube, au terme de cette nuit-là.

J'ai quitté l'hôtel afin de m'arracher aux marécages de l'insomnie, mais, tout à coup, je me suis affolé.

Je suis retourné en courant à l'hôtel, me suis précipité dans l'escalier, bousculant le gardien qui m'interrogeait, ouvrant fébrilement la porte de ma chambre, m'agenouillant pour ramasser le livre de l'Apocalypse que j'avais abandonné sur le sol rouge, et suis resté ainsi, essoufflé, comme en prière, glissant le livre sous ma chemise, rassuré et honteux, le pressant contre moi comme si j'avais souhaité qu'il me pénétrât, que chaque mot, chaque verset devînt partie de mon corps.

Je suis redescendu, tête basse, mains croisées sur la poitrine, fidèle qui vient de confesser ses péchés, de communier, et j'ai murmuré l'un des versets :

« Va, prends le livre ouvert dans la main de l'ange qui se tient sur la mer et sur la terre... Prends-le, dévore-le, il sera amer à ton ventre, mais dans ta bouche il sera doux comme le miel. »

J'ai marché au hasard le long des quais, maugréant, proférant en moi des injures, dents serrées comme si j'avais craint que les mots, s'enfuyant de ma bouche, ne fussent entendus, ne revinssent me frapper comme une malédiction dont Dieu m'eût accablé pour me faire éprouver Sa présence, Sa puissance.

Je me suis arrêté çà et là, observant les pêcheurs qui, d'un bond, sautaient de la proue de leurs embarcations au môle où ils les amarraient.

Qu'étais-je devenu, moi le rigoureux, moi le mécréant, l'esprit fort qui se moquait de cette grenouille de bénitier, Isabelle Chaillou, ma secrétaire, qui ne manquait aucune messe dominicale et dont je disais qu'elle appartenait à une espèce en voie d'extinction, qu'elle était une pièce de musée avec sa petite croix pendue au cou, serrée entre ses énormes seins qu'elle aurait mieux fait de libérer... Je lui avais répété : « Donnez-vous de l'air, Isabelle ! Vos seins, vos cuisses ne sont pas les pages d'un missel » – et elle me menaçait de porter plainte pour harcèlement.

Mais il avait suffi de quelques heures passées sur cette maudite île de Patmos pour que les superstitions calabraises reviennent m'ensevelir.

Pauvre vieux con !

Je me suis mêlé aux femmes et aux enfants penchés sur les paniers d'osier que les pêcheurs débarquaient.

J'ai vu ces poissons argentés au ventre blanc, palpitant encore, et j'ai fixé leurs yeux morts, exorbités.

C'étaient les mêmes que ceux de Marie la décharnée, ceux de mon père l'asphyxié. Ils étaient vitreux, blancs avec des reflets d'or et d'argent – vie devenue matière, pierres mortes.

Soulevant les paniers, les calant sur leur épaule gauche, les pêcheurs m'ont bousculé, interpellé de leurs voix rauques, et j'ai dû m'éloigner, tenant le livre de l'Apocalypse plaqué contre moi, l'un de ses versets me remontant à la bouche :

« Magnifiques, les morts qui meurent dans le Seigneur ! Dès maintenant, dit l'Esprit, oui, ils vont se reposer de leurs travaux, car leurs œuvres les suivent. »

Mon père était-il mort dans le Seigneur ou dans le sacrilège, envahi par la terreur, soumis à la domination de la Bête, ce Satan dont chaque verset du livre de l'Apocalypse évoquait le pouvoir ?

Qu'en avait-il été de Marie, et de Paul Déméter ? Et qu'en serait-il de moi, le blasphémateur ?

J'ai gagné l'extrémité de la jetée. Je me suis assis sur l'un des rochers jetés là pour protéger le phare des coups de mer. Le ciel et l'horizon étaient vides, et qui, sinon un affabulateur, un mystificateur, pouvait imaginer que de leur couleur rouge surgirait un cheval rouge monté par un cavalier qui, sabre en main, inciterait les hommes à s'entr'égorger parce qu'il avait reçu l'ordre d'« ôter la paix de la terre » ?

Était-ce Dieu ou Satan qui le lui avait commandé ?

On avait tranché la gorge de Paul Déméter, et mon père avait agonisé, souffle coupé, visage mutilé par ces tuyaux, ce masque qui le maintenaient en vie pour qu'il pût souffrir, souffrir encore jour après jour.

Et les hommes qui se réclamaient de Dieu exigeaient qu'on continuât à torturer ainsi ces agonisants !

N'étaient-ils pas les prêtres de Satan plutôt que les serviteurs de Dieu ?

Et moi, qu'étais-je devenu, sur cette île apocalyptique de Patmos, sinon un délirant ?

J'ai pris le livre de l'Apocalypse dont la reliure était tiède comme un morceau de ma peau.

Je n'ai pas eu le courage de le jeter au bas des rochers, dans la mer lisse.

Au lieu de céder à cette tentation sacrilège, d'accomplir ce geste libérateur, mais qui eût peut-être été un hommage à Satan, devenu ainsi mon Seigneur, et moi son chevalier servant, j'ai lu :

« J'ai vu une femme assise sur une Bête écarlate à sept têtes... La femme était vêtue de pourpre et d'écarlate, et chamarrée d'or, de pierres précieuses et de perles, avec une coupe d'or à la main pleine d'horreurs, et sur son front un nom écrit, un mystère : BABYLONE la grande, la mère des prostituées et des horreurs de la terre. Et j'ai vu cette femme ivre du sang des saints et du sang des témoins de Jésus. »

Et l'Apocalypse d'ajouter : « En une heure, tant de richesses ont été dévastées », et tant d'agneaux égorgés !

Cette prophétie s'était réalisée non seulement à Babylone, mais à Rome et Carthage, à Berlin et Hiroshima, à Londres et New York, à Dresde et Nagasaki, à Treblinka et Auschwitz.

Liste jamais achevée des villes martyrisées, mutilées ou détruites, des enfants jetés au four, des hommes et des femmes poussés dans les chambres à gaz. Et, parmi ces agneaux, Marie la décharnée, mon père asphyxié, et Paul Déméter le cou tranché ! Peut-être par lui-même avant qu'il ne se traîne, pantelant, de sa maison jusqu'à son cercueil de pierre, entre des colonnes de marbre, à quelques pas de la grotte de l'Apocalypse qu'entourent les murs de ce petit monastère renfermant la niche dans laquelle on a retrouvé son corps.

Je me suis levé.

Il me fallait entrer à nouveau dans la maison de Paul Déméter. Là était la source de ce qui était advenu ici, à Patmos, et qui s'était peut-être répandu hors de l'île, là d'où arrivaient ces jeunes hommes et femmes qui s'étaient rassemblés autour de Louis Veraghen – c'était Paul Déméter qui les avait accueillis sur le quai, peut-être même les avait-il guettés depuis cette jetée où je me trouvais.

Je me suis éloigné.

J'avais hâte d'explorer la maison, l'abattoir, là où le professeur avait senti la lame s'enfoncer dans sa gorge.

Sous le ciel incarnat, j'ai marché aussi vite que je l'ai pu vers l'apocalypse de Paul Déméter.

7

Elle était là, la longue maison basse de Paul Déméter, mais elle s'est soudain dérobée, dissimulée par une nappe de brouillard accrochée à elle et masquant aussi le ciel.

J'ai été enveloppé par cette humidité gluante et j'ai frissonné, avançant en aveugle, bras tendus, m'étonnant de ne pas rencontrer la façade vers laquelle j'avais cru me diriger.

Brusquement le brouillard s'est dissipé et, dans la lumière étincelante d'un soleil en majesté, j'ai découvert une petite chapelle située à l'arrière de la maison, et, autour d'elle, dispersées, une dizaine de vieilles tombes, dalles grises souvent fendues, surmontées de croix de fer rouillées, certaines penchées, prêtes à tomber, comme si on avait tenté de les desceller.

J'ai marché entre ces tombes qui, recouvertes de touffes d'herbes, longs cheveux mêlés surgissant des fissures de la pierre, ne livraient plus l'identité de l'enseveli. Peut-être tous ces morts avaient-ils appartenu à la même lignée ?

J'ai imaginé Paul Déméter passant comme moi parmi ces dalles, ces stèles, ces croix rappelant que la mort elle aussi s'efface, que l'effort pour maintenir vive la mémoire est vain. À moins que tout, vivants et morts, les uns devenant les autres, et ceux-ci, ceux-là, n'ait été annoncé, écrit pour toujours dans ce livre qui me collait à la peau, plaqué contre ma poitrine, l'Apocalypse de Jean ?

J'avais cru en finir avec ces prophéties, mais, au milieu de ces tombes abandonnées, des versets jaillissaient de ma mémoire et je voyais les mots s'inscrire, flamboyants, devant mes yeux en même temps qu'ils résonnaient en moi comme si j'avais été une chambre d'écho.

Le livre battait comme un autre cœur, scandant chaque mot. Il me dictait des versets que j'avais jusqu'alors ignorés, oubliés, alors même qu'ils ordonnaient le destin des hommes.

Un ange est descendu du ciel « avec la clé de l'abîme et une grande chaîne dans la main. Il a tenu le Dragon, l'antique Serpent qui est le Diable et le Satan, et il l'a enchaîné pour mille ans.

« Il l'a jeté dans l'abîme et il a fermé et scellé par-dessus, afin qu'il n'égare plus les nations jusqu'à la fin des mille ans. Après quoi, il peut être délié pour peu de temps.

« Et les morts qui ont été décapités à cause du témoignage de Jésus, qui ne se sont pas prosternés devant la Bête et devant son image, et n'en ont pas reçu la marque au front et dans la main, ont revécu et ils ont régné mille ans avec le Christ.

« Le reste des morts n'ont pas revécu avant la fin des mille ans.

« Telle est la résurrection première. Magnifique et saint, quiconque a part à la résurrection première !

« À la fin des mille ans, le Satan sera délié de sa prison. Il sortira pour égarer les nations aux quatre coins de la terre... »

Je me suis penché sur chacune des tombes. J'ai écarté les herbes pour tenter de lire un nom, une date, reconstituer une vie. En vain.

Puis j'ai lentement fait le tour de ce cimetière enfoui sous les herbes et dans l'oubli.

Comment croire que l'un de ces défunts avait pu ici échapper à la terre, à la décomposition ?

Pas de miracle en ce lieu, pas de Lazare, pas de Christ, pas de résurrection première. Mais le pourrissement des chairs qui nourrissent une végétation ébouriffée, vivace, née de la mort.

C'est elle qui triomphait. Le Diable avait été libéré de ses liens. Il incitait les hommes à s'entr'égorger, à s'entre-dévorer. Il rassemblait les peuples afin qu'ils s'anéantissent dans une guerre toujours recommencée.

Leur nombre était comme le sable de la mer. Ils envahissaient toute la largeur de la terre. Ils cernaient le camp des saints et la ville aimée.

Ainsi prophétisait le livre de l'Apocalypse de Jean.

Je l'ai rouvert en marchant vers la chapelle.

« Que celui qui a soif vienne, que celui qui veut reçoive gratis l'eau de la vie ! »

Mais Déméter avait été égorgé, mais Marie la décharnée comme mon père l'asphyxié arboraient le regard des morts.

Le Diable les avait égarés.

On les avait jetés dans l'étang de feu, et ce serait bientôt la fin des temps.

8

J'ai voulu pénétrer dans la chapelle, mais la poignée de la porte, que j'ai tournée nerveusement, ne commandait plus la serrure. Emporté par l'impatience et la hargne, j'ai juré, blasphémé tout en donnant des coups de pied et d'épaule contre l'huis d'un bois presque noir.

Je l'ai martelé à deux poings, maudissant ceux qui m'avaient désigné pour mener à bien cette enquête, m'avaient tendu ce piège, peut-être pour m'éloigner du ministère, me précipiter dans des sables mouvants afin que je m'y étouffe et y disparaisse.

Moi, aveuglé, j'avais été heureux de gagner Patmos, d'échapper à la grisaille des bureaux, rêvant de mer et de soleil, de notoriété internationale, victime consentante et naïve des manigances de rivaux dont je ne soupçonnais même pas l'existence.

Et maintenant, comme un primitif crédule, j'avais la tête emplie de diableries, de résurrections, de fin des temps !

Je n'étais qu'un ignare et pauvre descendant de Calabrais !

J'ai frappé plus fort. La porte a tremblé, gémi, et mes coups ont résonné dans la chapelle, revenant vers moi comme des râles, des supplications. Je me suis arrêté, baissant les bras, rouvrant les poings, le corps en sueur, et j'ai craint de succomber à un désespoir irrépressible, de basculer dans le gouffre de la dépression que j'avais si souvent côtoyé, ayant réussi chaque fois à m'en éloigner, échappant au vertige, à la force d'attraction du vide.

Je me suis assis dans l'herbe, dos appuyé à la porte, la tête retombant sur la poitrine, évitant ainsi d'être ébloui et brûlé par le feu solaire qui avait maintenant embrasé le ciel.

Je ne saurais dire combien de temps je suis resté ainsi assoupi. Je me souviens seulement que le froid m'a réveillé. Je me suis redressé d'un bond, affolé, ne reconnaissant plus les lieux, paralysé durant quelques secondes, surpris par le vent qui soufflait en rafales, poussait des nuages bas, grises protubérances qui masquaient le soleil. Quand l'averse s'est mise à cisailler l'horizon, à battre les murs de la chapelle, me frappant à hauteur de la poitrine, je me suis collé contre la porte, appuyant de toutes mes forces, pesant des épaules et des reins, arc-bouté, le corps trempé. J'ai tenté, avec les revers de ma veste, de protéger le livre de cette pluie orageuse, si violente que j'ai eu le sentiment qu'elle voulait effacer les versets de l'Apocalypse, dissoudre les prophéties de Jean, me laisser nu, me noyer.

Je n'ai pas cherché à maîtriser l'angoisse qui m'étreignait la gorge.

J'ai poussé sur la porte comme un homme pourchassé qui doit réussir ou bien mourir. Et, tout à coup, dans un craquement, elle s'est ouverte, la serrure arrachée. J'ai été jeté à terre, ma nuque a heurté les larges dalles qui pavaient le sol de la chapelle.

J'ai fermé les yeux, le dos et le crâne traversés par une brûlante épée qui s'enfonçait en moi. Et je me suis évanoui.

Quand j'ai repris conscience, l'averse avait cessé. J'ai entendu le crépitement des gouttes tombant du toit, des branches d'olivier. Toute la terre ruisselait. Une vapeur grise s'élevait au-dessus de l'herbe ployée par l'averse.

Je me suis lentement redressé, m'appuyant sur les coudes, puis les mains. J'ai roulé sur le flanc, me retrouvant à plat ventre, et j'ai enfin réussi à m'agenouiller. J'ai vu en face de moi, accroché au-dessus d'un autel fait d'une longue table de marbre, un Christ crucifié auquel on avait tranché la tête.

Celle-ci était posée devant le tabernacle défoncé. On l'avait maculée de taches brunes à hauteur du cou.

Mais il y avait aussi d'autres taches brunes de part et d'autre de la croix.

J'ai aussitôt pensé aux taches de sang sur l'oreiller, dans la maison de Déméter, et à celles qui souillaient le marbre de son cercueil de pierre.

Dans cette chapelle, on n'avait pas seulement décapité la statue du Christ : on avait tué des hommes vivants, agneaux sacrifiés.

Je me suis souvenu de ce verset de l'Apocalypse :

« J'ai vu sous l'autel les âmes de ceux qui ont été égorgés à cause de la parole de Dieu, du témoignage qu'ils portaient. »

J'ai à nouveau sombré.

Quand je me suis réveillé, le crépuscule était plus rouge encore que ne l'avait été l'aube.

Par la porte ouverte et les deux étroites fenêtres qui encadraient l'autel coulait une lumière en fusion, si ardente que j'ai pensé à cet étang de feu dans lequel on précipitait ceux qui n'étaient pas inscrits sur le Livre de vie.

Cette prophétie de l'Apocalypse, je la vivais, là, condamné pour avoir forcé cette porte, découvert le Christ décapité, ce sang séché.

J'ai attendu, recroquevillé sur ma douleur, l'ultime coup de sabre censé trancher le fil de ma vie. Mais rien n'est venu et, après plusieurs tentatives, car je vacillais, j'ai réussi à me mettre debout. M'appuyant au mur de la main gauche, je me suis approché de l'autel, de la tête de Christ embrasée par la lumière rouge qui éclairait aussi les bas-côtés de la nef.

Levant les yeux, j'ai aperçu, de part et d'autre de la croix, deux listes de noms, peut-être écrits avec du sang, que je n'ai plus oubliés.

À gauche, j'en ai déchiffré quatre :

Vangelis NATAKIS
Claudia ROMANO
Hans WESSERMANN
Hugo MORALÈS

À droite, j'en ai lu trois :

Rosa BERELOWICZ
Vincent BOYON
Louis VERAGHEN

Ils étaient inscrits comme le sont les noms de soldats tombés au champ d'honneur dont on grave les patronymes sur le monument rappelant leurs exploits et leur sacrifice.

Ceux-là étaient venus de Patmos pour retrouver Paul Déméter, s'asseoir sous les oliviers, écouter le « Vieux », Louis Veraghen, le philosophe platonicien au visage de vieille femme ridée.

Mon imagination en a été si exaltée que j'en ai oublié le battement qui, à chaque coup, menaçait de me faire éclater la tête.

J'ai pu marcher sans chanceler jusqu'à la porte, vers la source de lumière ardente.

9

J'ai été aveuglé par la violence du déferlement de lumière.

J'ai fermé les yeux avant de voir Vassilikos qui m'interpellait d'une voix rugueuse, hostile.

Avançant jusqu'aux oliviers, je l'ai aperçu debout dans leur ombre, bras croisés, le mépris et la colère crispant son visage.

Il m'a accusé d'avoir violé un lieu privé, sacré, car la chapelle appartenait au monastère Haghios Ioannis Théologos. Des bergers m'avaient vu en forcer la porte. Monseigneur Skiathos avait été averti et s'apprêtait à déposer plainte pour effraction et sacrilège.

Je n'étais que l'un de ces Français qui ont perdu tout sens du respect. J'allais être expulsé de Patmos, a ajouté Vassilikos.

Je me suis approché de lui, si près que j'aurais pu lui assener un coup de tête, lui écraser le nez et les lèvres. Il a reculé d'un pas, comme s'il avait craint que je ne cède à la tentation.

« Du sang ! ai-je dit. Du sang partout : dans la maison de Déméter, sur les murs de la chapelle où j'ai lu sept noms écrits avec du sang ! »

J'ai été le premier surpris de pouvoir les énoncer sans l'ombre d'une hésitation. Vassilikos m'a écouté avec dédain. Appuyé à un olivier, il avait allumé un cigare et, toutes les deux ou trois bouffées, il crachait avec dédain en se raclant la gorge. Quand je me suis tu, il a haussé les épaules :

« J'ai un cadavre, a-t-il dit. Je n'en ai pas sept. »

J'ai montré le cimetière, les tombes brisées, la terre retournée çà et là.

« Qu'est-ce que vous en savez ? »

Je m'étais persuadé qu'ils étaient là, parmi ces vieux morts, oubliés comme eux, alors que leur chair avait à peine commencé à se décomposer.

« Ils sont venus et repartis », a répondu Vassilikos en s'éloignant.

J'ai marché derrière lui, l'accusant de ne pas vouloir enquêter. Craignait-il le scandale ?

Il s'est retourné brusquement.

Esprit fort, a-t-il maugréé, je ne pouvais même pas imaginer ce que cela signifiait, de vivre à Patmos.

La grotte de l'Apocalypse était comme une blessure béante dans chaque corps.

On vivait avec ces prophéties. Mais qu'est-ce qu'un visiteur pouvait bien comprendre quand la plupart ne passaient là que quelques heures ?

J'ai fait remarquer que Paul Déméter, lui, vivait dans l'île depuis plusieurs années :

« Sa vraie vie était là, ai-je dit en désignant la maison.

— Il n'a pas su s'agenouiller devant Dieu. Il a voulu lire le livre de l'Apocalypse à sa guise, ajouter ce que bon lui semblait, retrancher ce qui lui paraissait inutile. On ne trie pas entre les prophéties en ne retenant que celles qui conviennent. On se soumet ! »

Me faisant face, Vassilikos a récité les derniers versets de l'ultime chapitre de l'Apocalypse de Jean :

« J'atteste, moi, à tous ceux qui entendent les paroles de prophétie de ce livre : si quelqu'un y ajoute, Dieu lui ajoutera les plaies décrites dans ce livre ; si quelqu'un retranche aux paroles de ce livre de prophétie, Dieu lui retranchera sa part d'arbre de vie et de ville sainte décrits dans ce livre. »

« N'ajoutez rien, ne retranchez rien », a-t-il conclu.

Il a fait encore quelques pas, puis, se tournant vers moi, il m'a lancé :

« Vous connaissez le dernier verset ? "La grâce du Seigneur Jésus soit avec tous." Avec vous aussi, donc. »

10

Le Seigneur m'avait-Il accordé Sa grâce ?

S'Il existait, Il n'ignorait rien des doutes ni des questions qui m'assaillaient.

Il savait que, depuis mon arrivée à Patmos, j'avais été écartelé, ne cessant d'osciller entre la foi d'un Calabrais superstitieux, retrouvant les peurs de son enfance, et l'arrogance dédaigneuse d'un libertin.

Je m'étais moqué des prophéties de l'Apocalypse et, après avoir répété qu'il fallait « écraser l'Infâme », cette religion qui maintenait l'homme dans l'ignorance, j'avais tremblé et m'étais agenouillé, soumis et repentant.

L'angoisse m'a étreint : Dieu qui, selon l'Apocalypse, « scrutait les reins et les cœurs », m'avait-Il pardonné ?

J'ai guetté Son verdict, craint Sa condamnation.

Mais je n'ai été ni frappé par la foudre ni jeté dans l'étang de feu et de soufre, là où étaient précipités ceux qui avaient blasphémé, rejoint la cohorte du Diable, obéi à la Bête.

Ne l'avais-je pourtant pas fait ?

Mais Dieu était resté silencieux.

Aucune plainte n'avait été déposée contre moi par Monseigneur Skiathos. Un ouvrier était venu réparer nonchalamment la porte de la chapelle. On ne m'avait signifié aucun arrêté d'expulsion. Et je n'avais pas revu Vassilikos, qui semblait avoir quitté l'île en me laissant les clés de la maison de Paul Déméter.

J'ai repris confiance, proclamé à nouveau que le ciel était vide, et éprouvé un euphorique sentiment de liberté.

Je suis retourné chaque jour dans la maison de Déméter, m'appropriant ces lieux. J'ai décidé d'envoyer en France la taie d'oreiller afin qu'on analysât le sang qui la maculait.

J'ai engagé une femme de service, employée à l'hôtel, pour qu'elle nettoie la maison. Je me suis moqué de ses gestes précautionneux, des signes de croix qu'elle multipliait, des prières qu'elle égrenait.

Puis je me suis assis à la table sur laquelle s'entassaient dossiers et carnets, et j'ai rouvert le grand cahier à couverture rouge.

J'ai relu les citations qui, toutes, évoquaient le châtiment et la mort. Les commentaires de Déméter m'ont à nouveau ému et intrigué :

« Saisir le lien, avait-il écrit, de l'Apocalypse de Jean à la mort de Marie. La descendance de la Bête ? Sa présence éternelle, l'autre face de Dieu ? Mort et résurrection : faut-il laisser mourir pour connaître l'aube resplendissante de la résurrection ? »

J'ai tourné les pages, m'arrêtant sur ces quelques mots tracés à l'encre rouge et placés au centre d'un cadre noir :

CODE : CAÏN ET ABEL

Qui, de Dieu, du hasard ou de l'intuition, m'a fait penser qu'il s'agissait du code de l'ordinateur de Déméter, permettant d'accéder à son fichier ?

J'ai fait glisser mes doigts sur le clavier, et les lignes ont commencé à défiler, composant les premières pages d'un livre intitulé :

APOCALYPSE ET ESPÉRANCE

Trois citations suivaient.

La première, d'Ernest Renan :

« Avec le voyant de Patmos, nous découvrons l'Idéal et nous affirmons que l'Idéal sera réalisé un jour. »

Saint Paul était l'auteur de la deuxième :

« Pour que Dieu soit tout en tous. »

La troisième était l'avant-dernier verset de l'Apocalypse :

« Celui qui atteste tout cela dit : “Oui, je viens bientôt.” Amen, viens, Seigneur Jésus. »

J'ai eu la conviction que je venais de pénétrer dans le sanctuaire de Paul Déméter.

J'ai avancé, lu une première ligne :

« Ceci est le miroir de ma vie, l'histoire des rêves et cauchemars qui hantent les hommes. »

DEUXIÈME PARTIE

Le sanctuaire de Paul Déméter

11

J'ai écrit :

« Ceci est le miroir de ma vie, l'histoire des rêves et cauchemars qui hantent les hommes. »

Je n'ai pas choisi ces mots ni n'ai médité sur le sens de la phrase qu'ils tissaient. Ils se sont imposés à moi le 28 juin 1997, ici, à Patmos, peu après que j'ai entendu au téléphone de l'hôtel Xénia un inconnu interroger d'une voix tranchante :

« Paul Déméter ? Vous êtes Paul Déméter ? »

Et, avant même que j'aie pu répondre, la voix a continué sur le même ton :

« La fille de Paul Déméter est morte. Morte, monsieur Déméter. Votre fille, n'est-ce pas ?

— Je suis Paul Déméter. »

La voix a marqué une hésitation, puis a ajouté d'une seule traite :

« Elle s'est tranché les poignets et la gorge avec un rasoir. Je vous passe votre sœur. »

Alors la voix de Valérie, entrecoupée de sanglots qui lui obstruaient la bouche – j'imaginais des flots de sang –, s'est mise à hurler :

« Elle est morte, Paul ! Marie est morte ! Elle s'est tuée ! »

Dès cet instant, je n'ai plus écouté.

La terre a tremblé et j'ai vu le sol dallé du hall de l'hôtel Xénia se fendre sous mes pieds et cette plaie s'élargir, se creuser. Je ne distinguais pas le fond de ce gouffre grouillant de formes imprécises.

Les versets de l'Apocalypse m'ont envahi :

« À la fin des mille ans, Satan sera délié de sa prison... et j'ai vu la Bête et les rois de la terre et leurs armées rassemblées pour faire la guerre à celui qui est sur le cheval et son armée. »

Je me suis agenouillé au bord du gouffre. J'ai demandé grâce à Dieu pour Marie. Qu'Il me prenne, moi, et me pousse dans l'abîme, qu'Il me livre à la mort !

Ce que j'avais étudié avec l'assurance sceptique d'un historien du christianisme, celle du professeur au Collège de France élégamment distant et agnostique, devenait une vérité aveuglante. L'Enfer, le repaire de la Bête était là, devant moi. En moi.

J'ai réentendu la voix de ma sœur qui, à travers les sanglots, murmurait :

« Marie est morte, elle s'est tuée ! Je t'avais prévenu : maintenant, elle est morte ! »

« Le reste des morts ne revivra pas avant la fin des mille ans », dit l'Apocalypse.

Qu'on me jette dans l'étang de feu et de soufre !

« Il faut que tu viennes, répétait Valérie. Elle est morte, Paul. »

J'ai revu le tableau que Klaus, le compagnon de ma sœur, avait peint. J'avais détesté ce portrait de Marie et l'avais enfoui au fond d'une armoire pour ne pas être tenté de lacérer la toile à grands coups de lame.

Il était en face de moi. Les yeux brillants et fixes de Marie me perçaient de leur regard acéré.

J'ai répondu à Valérie :

« Je ne veux pas la voir. Elle est morte. Je n'y peux plus rien. Je veux la garder vivante. »

Ma sœur a crié : « Salaud ! », puis a raccroché.

Je me suis écroulé sur le sol, là où béait la plaie noire.

Un autre verset de l'Apocalypse m'a étouffé :

« En ces jours-là les hommes chercheront la mort et ne la trouveront pas, ils désireront mourir et la mort les fuira. »

Visage buriné de pêcheur, cheveux blancs frisés, le patron de l'hôtel s'est assis près de moi, à même le sol, jambes croisées :

« *What about*, Mister Déméter ?

— Elle est morte. Elle s'est tuée. Ma fille. *Dead my daughter*, Marie. »

J'ai récité « Marie pleine de grâces, le Seigneur est avec vous », puis ma voix s'est brisée.

Le patron a baissé la tête, caché son visage entre ses mains et murmuré :

« Malédiction ! »

C'est alors que ces mots ont surgi, comme jaillissant du gouffre, et ils étaient rouges :

« Ceci est le miroir de ma vie, l'histoire des rêves et cauchemars qui hantent les hommes. »

Puis l'abîme s'est refermé.

Le patron m'a aidé à me relever. En vain ai-je tenté de rappeler ma sœur. Je suis ensuite monté dans ma chambre où j'ai retrouvé Cécile, la jeune femme avec qui j'étais arrivé à Patmos, une quinzaine de jours auparavant.

Le lendemain, après une nuit au cours de laquelle nous n'avons partagé que nos insomnies, elle repartit pour la France, affolée, horrifiée, me tenant à distance comme si j'étais devenu un personnage maléfique, contagieux, monstrueux, même, puisque j'avais décidé de rester à Patmos, choisi de ne pas regarder en face le corps mutilé de ma fille.

J'ai erré, les jours suivants, revenant en fin d'après-midi, quand les touristes s'en étaient allés, à la grotte de l'Apocalypse.

J'ai décidé d'acheter une bergerie à proximité. J'avais été attiré par le cimetière et la chapelle qui appartenaient au monastère Haghios Ioannis Théologos, mais qui jouxtaient cette bergerie. Je voulais m'enraciner là, dans cette île de l'Apocalypse. J'y avais vu – ce qui s'appelle vu – l'abîme s'ouvrir devant moi. J'y avais acquis la certitude que les plus humbles, les plus insignifiantes des vies, tout comme les plus rayonnantes, les plus monstrueuses, révélaient la présence de Dieu et du Diable, et que chacune d'elles reproduisait les rêves et cauchemars de tous les hommes.

J'aspirais à écrire ici l'histoire de quelques-unes de ces vies, celles d'hommes habités par la foi qui, comme l'avait dit l'Apocalypse de Jean, étaient dignes « d'ouvrir le livre écrit au-dedans et au dos, et scellé de sept sceaux ». Ils avaient reçu pouvoir de briser les sceaux et avaient rêvé de bâtir sur terre une Cité idéale faite d'amour et de justice, d'où Satan avait été chassé.

Mais, parfois, la Bête s'était à leur insu emparée de leur âme.

À Paris, j'enseignerais ; ici, je méditerais, écrirais.

Patmos, la grotte de Jean seraient mon sanctuaire, puisque c'est là que j'avais appris la mort de Marie, ma fille, et vécu mon Apocalypse.

Un jour, je suis revenu de Paris avec le portrait de Marie. Je l'ai placé au cœur de ma maison afin qu'elle devienne, tant que je survivrais, celle de ma fille.

Jamais je ne devais oublier ma faute, mon crime, ma lâcheté.

J'ai écrit :

« Le peintre n'est pas le tueur. Le criminel, c'est moi qui n'ai pas su, par égoïsme, empêcher la lente agonie de celle à qui Dieu m'avait permis de donner la vie. »

Et que j'avais laissée mourir.

12

Quel masque, quel déguisement la Mort, la Bête, Satan, cette Trinité noire, avaient-ils choisis pour s'approcher de Marie, s'insinuer dans son âme, en faire le bourreau d'elle-même ?

Seul dans la bergerie où les travaux n'avaient pas encore commencé, ou bien assis sur une des tombes du petit cimetière envahi par le foisonnement des longues herbes emmêlées, ou encore allant et venant devant l'entrée de la grotte de l'Apocalypse, je m'enivrais du silence de la nuit insulaire. Je prenais un couteau ou une branche, selon que j'étais dans la grande salle de la bergerie, parmi les tombes ou proche de la grotte de Jean, et je refaisais les gestes qu'elle avait dû accomplir pour atteindre ses veines, ses artères, sectionnant ses poignets et sa gorge.

Et il m'est arrivé de hurler et vomir de désespoir.

Je n'avais pas été près d'elle pour retenir sa main. Je m'enfonçais dans notre passé : à quel moment et pourquoi avions-nous cessé de marcher côte à côte ? Car, durant les premières années de sa vie, je lui avais toujours tenu la main.

Nous courions sur la grève, nous nous élancions, plongeant dans les vagues, nous sautions de restanque en restanque, dévalant ces mêmes oliveraies qui couvrent les pentes des collines provençales, ces arbres noueux de notre vie commune, à Marie et à moi, et que je retrouvais ici.

J'avais la folle tentation de crier : « Marie, Marie ! Je suis là ! » Je l'ai fait, tendant la main dans l'obscurité, fracassant le silence nocturne d'un cri aussi inutile que désespéré.

Trop tard.

Nos mains s'étaient séparées alors qu'elle avait une dizaine d'années.

Premier coup de faux : sa mère, qui vivait seule, parce qu'elle avait, assurait-elle, une œuvre à accomplir, était morte. Moi, je vagabondais. C'est ma sœur qui avait pris en charge Marie.

Nos mains, quand nous nous rencontrions, s'effleuraient. Je la trouvais amaigrie, mais j'avais si peu de temps pour m'inquiéter de ce qui commençait à l'envahir. J'achevais ma thèse, je publiais des articles, je prenais place sur l'échiquier universitaire, puis je fus élu au Collège de France ! Un exploit ! À l'âge du Christ...

J'avais oublié ce verset de l'Apocalypse de Jean :

« Mais j'ai contre toi que tu as laissé ton premier amour. »

Car j'avais abandonné Marie et quand, rituellement, une fois par semaine, je la rencontrais, je ne la voyais pas. Nos mains s'évitaient, nos regards se fuyaient.

« Elle ne mange plus », répétait ma sœur.

« Il faut manger, Marie.

— Je mange suffisamment. »

Déjà je me levais, je rassurais Valérie, j'embrassais Marie. Posant mes mains sur ses épaules, je sentais ses os.

« Mange, tu n'es vraiment pas grosse.

— Il suffit d'une sauterelle pour se nourrir.

— Stylite ! »

Aveugle, je souriais d'aise, étonné et fier que Marie connût ces saints-là, ces ermites qui s'installaient au sommet d'une colonne ou d'une tour pour y méditer, y prier, ne mangeant que les sauterelles qui venaient les heurter dans leur vol.

« Stylite, ai-je répété. Mystique ?

— Pourquoi pas ?

— On en reparlera. »

Je détournais les yeux pour ne pas croiser son regard, ne pas y lire la détermination.

Valérie me faisait part de ses inquiétudes, et ses propos m'irritaient. Je l'interrompais brutalement, mais elle insistait :

« Elle m'angoisse, Paul, elle est si excessive. Je la surprends agenouillée, le front appuyé au rebord de son bureau, et lorsqu'elle redresse sa tête, elle a pesé si fort – je la soupçonne de faire glisser son front contre l'arête vive – que la peau est arrachée, le sang coule. Paul, le sang !

— C'est un jeu entre nous, répondais-je souvent, à celle ou celui qui sera plus fou que l'autre. C'est une adolescente. Si on n'est pas mystique à quinze ans, quand peut-on l'être ? Tu préférerais qu'elle se drogue ? Elle a choisi Dieu... »

Aujourd'hui qu'elle s'est tranché les veines et les artères, il n'est pas un jour sans que je m'interroge. A-t-elle choisi, ou bien Dieu l'a-t-Il abandonnée au Diable qui s'est avancé, est entré en elle, grimé en Dieu, prétendant être Dieu ? « La Bête égare les habitants de la terre », dit l'Apocalypse ; elle impose une marque sur la main et le front. Et Marie se cisaillait le front, puis en venait à se sectionner les poignets et la gorge.

J'étais aveugle par égoïsme et lâcheté. Mais toi, Dieu, pourquoi l'as-Tu laissée tomber ?

« *Eloi, Eloi, lama sabachthani ?* » disent les Évangiles selon saint Matthieu et saint Marc. « Mon Dieu, mon Dieu, pourquoi m'as-Tu abandonné ? »

Dieu voulait-Il l'éprouver comme Il avait éprouvé l'homme crucifié qu'était Jésus ?

Avait-Il soumis Marie à la tentation ?

La violence qu'elle avait exercée contre elle n'était-elle pas la preuve que le Diable l'avait emporté ?

Jamais, moi, l'historien du christianisme, je n'avais ainsi ressenti le mystère de Dieu, jamais je ne m'étais questionné – et question signifie aussi torture – dans ma propre chair, par ma souffrance, sur le sens de la mort et de ce qui survient après.

Quel était le destin de Marie, ma morte ?

J'ai récité les versets de la fin du chapitre XX de l'Apocalypse :

« Et j'ai vu un grand trône blanc, et celui qui est dessus. La terre et le ciel fuyaient devant sa face, et on ne leur a plus trouvé de lieu.

« Et j'ai vu les morts grands et petits se tenir devant le trône, et on a ouvert des livres. On a aussi ouvert un autre livre, celui de la vie. Et on a jugé les morts selon leurs œuvres d'après ce qui avait été écrit dans les livres.

« La mer a donné les morts qu'elle avait, la mort et l'Hadès ont donné les morts qu'ils avaient, et on a jugé chacun selon ses œuvres. »

Marie, ma fille, quelles sont tes œuvres, toi que la mort a saisie à l'âge où l'on n'a pas encore donné de fruit, vie-bourgeon tranchée d'un coup de serpe ?

Es-tu l'élue ou la victime ?

Choisie par Dieu ou dupe du Diable ?

Et si chaque homme était confronté tout au long de sa vie à cette interrogation, à ce choix ?

Si c'était là le destin de l'humanité ?

Si la mort de Jésus sur la croix et sa résurrection, mains et chevilles percées de longs clous effilés, flanc blessé, étaient l'incarnation de chaque vie sur cette terre ?

Mais ces mots, ces questions ne sont plus pour moi des objets d'étude, des thèmes d'exégèse, la matière d'un cours. Ils sont ma souffrance, ma chair et mon sang.

Je sais que je suis un père aussi coupable que Judas. Je connais l'acte d'accusation que Dieu a prononcé, que Jean a entendu et recueilli dans ce verset de l'Apocalypse qui me hante :

« Mais j'ai contre toi que tu as laissé ton premier amour. »

J'ai abandonné Marie, je me suis perdu dans les labyrinthes de l'égoïsme et du plaisir.

Je n'ai pas vu le corps de Marie maigrir, sa vie s'étioler, je n'ai pas imaginé qu'elle pourrait, de sa propre main, se clouer sur la croix, poignets et gorge tranchés.

J'ai une tâche à accomplir.

Si je ne suis pas saisi ou séduit par la mort, je veux m'approcher de ce mystère, vivre ainsi avec Marie, écrire ce livre, accompagner les prophètes et les rêveurs, les élus et les victimes qui, avec l'aide de Dieu et contre le Diable, ont cherché à construire une Cité idéale faite de justice et d'amour.

Ce Livre de la vie commencera à Jean et je le poursuivrai jusqu'à ce que ma mort en constitue l'ultime chapitre.

Je l'intitulerai : *Apocalypse et Espérance.*

13

Je laisse la parole à Prochoros le Grec.

Durant des années, il a recueilli les propos, les prophéties de Jean, le plus jeune disciple du Christ, celui qui fut, avec André et Simon – que Jésus nomma Pierre –, l'un des trois premiers apôtres.

« C'était celui que Jésus préférait, qu'il aimait », assurait Prochoros.

Il n'avait connu Jean qu'aux jours funèbres de la Crucifixion et à ceux, fulgurants, de la Résurrection. Mais Jean évoquait souvent son enfance au bord du lac de Tibériade, dans la petite ville de Bethsaïde, là où le Christ l'avait choisi pour être l'un des apôtres.

Avec le Seigneur, Jean avait marché vers Cana, et, d'une voix ardente, les yeux fixes, comme si la scène qu'il décrivait se déroulait à nouveau devant lui, il racontait le miracle accompli par Jésus, l'eau convertie en vin lors de ce repas de noces auquel, avec le Christ, il avait été convié.

« J'étais allongé près du Seigneur... », disait Jean.

Il s'interrompait, se recroquevillait comme si une brutale douleur le déchirait, puis il répétait dans un murmure :

« Au cours des repas, nous étions allongés côte à côte et souvent je posais ma tête sur la poitrine du Seigneur. »

Il en avait été ainsi lors de ce repas de la Pâque de l'an 30, quand Jésus déclara aux douze apôtres :

« Vous êtes purs, mais non pas tous. En vérité, en vérité, je vous le dis, l'un de vous me trahira. »

Et Jean d'ajouter qu'il avait alors questionné Jésus :

« Seigneur, qui est-ce ? »

Jésus lui avait répondu – mais ce n'avait été qu'un chuchotement émis en remuant à peine les lèvres, car tous les autres apôtres avaient les yeux rivés sur lui, et seul Jean avait eu le privilège de l'entendre :

« C'est celui à qui je présenterai le morceau de pain trempé. »

Il avait brisé le pain, l'avait trempé et l'avait tendu à Judas Iscariote.

« Ce que tu fais, fais-le vite », avait-il dit à Judas.

Seul de tous les apôtres, Jean avait compris le sens de ces mots-là. Et, seul d'entre eux, il avait été au pied de la Croix aux côtés de la Vierge Marie. Ils avaient l'un et l'autre assisté à l'agonie du Christ. Et celui-ci, accompagnant son murmure d'un mouvement de tête en direction de Jean, avait dit :

« Femme, voici ton fils. »

Puis, désignant la Vierge Marie, il avait ajouté :

« Voici ta mère. »

Et ce fut Jean qui entendit le Christ se lamenter d'une voix exténuée, désespérée :

« *Eloi, Eloi, lama sabachthani ?* Mon Dieu, mon Dieu, pourquoi m'as-Tu abandonné ? »

Jean pleurait lorsqu'il se remémorait les derniers instants de la vie du Christ, ce moment de doute au seuil de la mort, quand la Bête rôde autour de l'homme afin qu'il renie ce qu'il est, Fils de Dieu, Homme-Dieu qui ne peut renoncer à l'espérance.

« J'attendais, murmurait Prochoros. Je savais que l'aube viendrait après les ténèbres. »

Et Jean, qui s'était tassé, les mains plaquées sur le visage afin de dissimuler ses larmes, se redressait enfin. Il énumérait les miracles accomplis, les corps qui semblaient morts et qui, tout à coup, parce que le Christ les avait touchés, retrouvaient la vie. Ou bien c'était la tempête sur le lac de Tibériade que le Christ apaisait, et les filets qu'il remplissait d'une pêche miraculeuse. Ou bien encore c'était l'ascension du mont Hermon : Jean qui, en compagnie de Pierre et de Jacques, suivait Jésus jusqu'au sommet. Et tous trois assistaient, emplis d'effroi, à la Transfiguration du Christ :

« Son visage resplendit comme le soleil et ses vêtements devinrent blancs comme la lumière. Et voilà que Moïse et Élie apparurent, et qu'une nuée lumineuse les couvrit, et une voix se fit entendre, disant : "Celui-ci est mon fils bien-aimé en qui j'ai mis toutes mes complaisances. Écoutez-le !" »

Jean avouait qu'il s'était, comme Pierre et Jacques, jeté au sol, fermant les yeux, bouche ouverte contre la terre, saisi d'une grande terreur. Jésus s'était approché, l'avait touché et avait dit :

« Levez-vous, ne craignez point, écoutez-moi ! »

À nouveau, Jean se cachait le visage entre les mains et sa voix exprimait le désespoir et la colère.

Car les hommes n'avaient pas entendu le Christ. Ils n'avaient pas reconnu qu'il était homme et Dieu, ayant choisi de souffrir comme un homme, allant jusqu'à la mort, le corps déchiré par la flagellation, le front et la nuque percés par la couronne d'épines, les membres troués par les longs clous de la Crucifixion, le flanc ouvert par la lance d'un soldat. Il avait été supplicié comme le plus misérable des hommes, voleur, esclave ou criminel ; il était mort comme l'un d'eux, dans la souffrance, et il ne s'était pas épargné l'instant du doute, quand la Bête était venue flairer l'homme sans défense à l'agonie.

Mais la Résurrection annoncée s'était produite et Jean avait pénétré avec Pierre dans le tombeau vide. Puis, avec les apôtres, il avait vu et écouté le Christ ressuscité. Et il avait été, avec Pierre, l'une des colonnes de l'Église du Christ. Elle s'élevait, elle devait annoncer aux hommes la Grande Nouvelle, l'Évangile.

Jean avait prêché à Jérusalem. Il avait été emprisonné avec Pierre et les juges du Grand

Conseil avaient voulu qu'on les lapidât, puisque ces deux hommes se proclamaient disciples de l'Imposteur, ce Jésus qui s'était prétendu Messie et qu'on avait crucifié, et que Ponce Pilate, le procurateur romain, avait désigné par dérision, pour blasphémer, insulter le peuple élu, comme étant Jésus de Nazareth, roi des Juifs.

Ce qui est écrit est écrit.

Mais, au sein de ce Sanhédrin qui jugeait Jean, un rabbin, Gamaliel, « docteur de la Loi, précieux pour tout le peuple », éleva la voix :

« Israélites, dit-il, prenez garde à ce que vous allez faire de ces hommes... Éloignez-vous d'eux et laissez-les, car si leur entreprise ou leur œuvre vient des hommes, elle se défera, et si elle est de Dieu, vous ne pourrez la défaire. Que jamais on ne vous trouve adversaires de Dieu ! »

Les juges du Sanhédrin firent confiance à Gamaliel.

« Nous fûmes rappelés devant les juges du Sanhédrin, racontait Jean. Nous attendions la mort, les pierres qui fracassent la tête, martèlent le visage, mais on se contenta de nous faire battre à coups de verges en nous ordonnant de ne plus parler au nom de Jésus. »

À chaque fois qu'il parvenait à ce moment de son récit, Jean interrogeait Prochoros :

« Et que crois-tu que nous fîmes ? »

Prochoros riait, car c'était devenu entre eux deux un rituel attendu.

« Tu te rendis au Temple, Maître, et tu enseignas et annonças le Christ Jésus. »

Et Jean ajoutait :

« La parole de Dieu croissait, le nombre des disciples à Jérusalem s'amplifiait, et une grosse foule de prêtres obéissait à la foi. Alors nous décidâmes, nous, apôtres du Christ, de trouver parmi la multitude des disciples sept hommes de renom, pleins d'esprit et de sagesse, pour nous assister, et tu fus l'un d'eux, Prochoros, et j'en remercie Dieu. Il y avait Philippe, Nicanor, Timon, Parménas, Nicolas, qui venait d'Antioche, et Étienne, plein de foi et d'Esprit saint, qui accomplissait des prodiges et que le peuple écoutait, car il était toute grâce et puissance. »

La voix de Prochoros tremblait quand il évoquait Étienne, sa parole drue, le courage qu'il avait montré lorsqu'il avait été convoqué devant le Sanhédrin :

« Nuques raides, avait-il crié, incirconcis de cœur et d'oreilles, vous n'arrêtez pas de contrer l'Esprit saint ! Vous êtes bien comme vos pères ! Quel est le prophète qu'ils n'ont pas poursuivi ? Ils ont tué ceux qui annonçaient la venue de ce juste dont, de nos jours, vous vous êtes faits traîtres et meurtriers. »

On avait chassé Étienne de la ville. On l'avait lapidé. De son corps ensanglanté avait jailli une voix claire et forte :

« Seigneur Jésus, accueille mon esprit ! »

Les tueurs jetaient leurs vêtements trempés de sueur aux pieds d'un jeune homme appelé Saül.

Lorsque Étienne était tombé à genoux, les pierres lancées, les plus lourdes, aux arêtes tranchantes, avaient brisé les os du martyr qui avait hurlé à pleine voix :

« Seigneur, ne leur compte pas ce péché ! »

Le jeune Saül approuvait le meurtre et l'ample persécution contre l'Église de Jérusalem qui l'accompagnait.

Il faisait irruption dans les maisons, arrachait hommes et femmes à leur foyer et les faisait jeter en prison. Il réclamait des lettres de mission au Grand Prêtre du Sanhédrin pour s'en aller enchaîner les hommes et les femmes qui, dans les synagogues de Damas, avaient choisi la voie du Christ, et il les conduisait à Jérusalem afin qu'ils fussent incarcérés et lapidés comme Étienne.

« Mais, un jour, murmurait Prochoros, Saül deviendrait Paul. »

Et de réciter ce que, plus tard, Paul avait dit quand il fut jugé et emprisonné à Jérusalem :

« Je suis Juif, né à Tarse, en Cilicie, mais j'ai été élevé dans cette ville-ci, Jérusalem, et formé aux pieds de Gamaliel à la stricte observance de la loi ancestrale, et zélé pour Dieu comme vous l'êtes tous aujourd'hui.

« J'ai persécuté à mort ceux qui avaient choisi la voie du Christ, j'ai fait lier et jeter en prison hommes et femmes.

« J'allais à Damas pour que ceux de là-bas, amenés liés à Jérusalem, soient punis.

« Mais, en chemin, et comme j'approchais de Damas, voilà soudain que, vers midi, une grande lumière du ciel m'a ébloui.

« Je suis tombé à terre et j'ai entendu une voix me dire : "Saül, Saül, pourquoi me poursuis-tu ?"

« J'ai répondu : "Qui es-tu, Seigneur ?" Il m'a dit : "Je suis Jésus le Nazaréen, que tu poursuis. – Que faire, Seigneur ? – Relève-toi, va à Damas et, là, on te dira tout ce que tu as à faire !" »

14

Saül, qui sera Paul, a été aveuglé par la lumière divine. Deux hommes l'ont aidé à se relever et, le tenant par les mains, l'ont guidé. Il est ainsi entré dans Damas, trébuchant, et durant trois jours il est resté prostré sans voir, sans manger ni boire.

Il y avait à Damas un disciple de Jésus appelé Ananie. Le Seigneur lui dit dans une vision :

« Lève-toi, va dans ce qu'on appelle la rue droite, et cherche un homme nommé Saül de Tarse. »

Et Ananie trouva Saül qui répétait : « Je suis juif, né à Tarse, en Cilicie, ville qui n'est pas sans renom. »

Il ajoutait : « Je suis citoyen romain. J'ai été élevé à Jérusalem et formé aux pieds du rabbin Gamaliel à la stricte observance de la loi ancestrale. »

Prochoros rapportait ces propos comme à regret, d'une voix sans chaleur. Il précisait :

« Dieu l'a choisi, et a dit à Ananie : “Saül de Tarse est pour moi un outil efficace. Il portera mon nom devant les nations, les rois et les fils d'Israël. Je lui montrerai tout ce qu'il doit souffrir pour mon nom." »

Ananie a trouvé Saül dans la rue droite, a posé les mains sur lui en lui disant :

« Saül, mon frère, le Seigneur, ce Jésus que tu as vu sur le chemin de Damas, m'a envoyé pour que tu voies et sois rempli d'Esprit saint. »

Et Saül a vu.

Il s'est levé, a été immergé, a pris de la nourriture et, ainsi revigoré, il s'est rendu dans les synagogues de Damas et a proclamé que Jésus est fils de Dieu.

Tous ceux qui l'entendaient étaient « hors d'eux-mêmes », racontait Prochoros. Tous chuchotaient, puis leurs voix s'enflaient de colère :

« N'est-ce pas lui, ce Saül, qui a persécuté à mort nos frères, qui a assisté en s'y complaisant à la lapidation d'Étienne en gardant les vêtements des tueurs ? »

Quand Saül s'en retourna à Jérusalem, les disciples de Jésus se méfiaient de lui, le craignaient, refusaient de le compter comme un des leurs.

Lui-même s'accusait, reconnaissait ses fautes et ses crimes :

« J'ai enfermé en prison beaucoup de saints après en avoir reçu pouvoir des Grands Prêtres, et quand on les supprimait, j'apportais mon caillou, et souvent, dans n'importe quelle synagogue, je les punissais en les forçant à blasphémer, et, de plus en plus enragé contre eux, je les poursuivais jusque dans les villes étrangères. »

Mais il ajoutait aussitôt que Dieu lui avait donné mission d'arracher le peuple et les nations au pouvoir de Satan. Et il parlait plus haut et plus clair que les disciples, et les fidèles en étaient subjugués.

« Christ est mort pour nos péchés, disait-il. Il a été enseveli, il est ressuscité au troisième jour. Il est apparu à Pierre, puis aux douze apôtres.

« Ensuite il est apparu à plus de cinq cents frères à la fois ; la plupart sont encore vivants, seuls quelques-uns sont morts. Ensuite il est apparu à Jacques et à tous les apôtres. En tout dernier lieu, il m'est apparu à moi, l'Avorton.

« Car je suis le plus petit des apôtres, moi qui ne suis pas digne d'être appelé tel parce que j'ai persécuté l'Église de Dieu.

« Mais ce que je suis, je le dois à la grâce de Dieu, et Sa grâce à mon égard n'a pas été vaine. »

Pourquoi Dieu a-t-Il choisi de sauver ce Paul de Tarse qui a « persécuté à mort », durant des années, ceux qui avaient suivi la voie du Christ ?

Je m'interroge. Je réponds sans conviction : parce qu'Il savait que ce « lanceur de cailloux », fier de lapider un chrétien, serait un disciple éloquent, exemplaire, capable de bâtir, aux côtés de Pierre et des apôtres, l'Église du Christ, prêchant parmi les païens, admettant au baptême les « hommes à prépuce », n'exigeant plus la circoncision et rassemblant ainsi autour de la parole de Dieu la foule des païens, aussi infinie que la mer.

Séparant ainsi les juifs des chrétiens.

Mais lorsque j'évoque cette rupture et le rôle révolutionnaire de saint Paul, Louis Veraghen, notre « Vieux » platonicien, me regarde avec commisération.

Nous sommes assis sous les oliviers de Patmos en compagnie des étudiants qui forment autour de nous un cercle silencieux et attentif. Il y a là Vangelis Natakis, Claudia Romano, Hans Wessermann, Hugo Moralès, Vincent Boyon, Rosa Berelowicz.

Tout à coup, au centre du cercle, Veraghen lève la main et dit d'une voix sarcastique :

« Et si cette rupture paulinienne que tu exaltes était l'œuvre du Diable ? Une coupure tranchante, cruelle, maléfique, qui repousse le peuple élu, les Juifs, et le condamne pour toujours ? C'est contre eux, désormais, qu'on lancera des pierres, et vous savez tous ce qui en est advenu au cours des siècles : l'antisémitisme, les pogroms et, pour finir, le grand massacre de la Shoah. »

Ce Paul, poursuit-il, tueur de chrétiens d'abord, puis retourné, traître à sa première foi, n'a-t-il pas, pénétré par l'esprit malin, la duplicité de la Bête, la puissance du Diable, trompé Dieu, et n'a-t-il pas, lui qui paraît être l'architecte de l'Église du Christ, fait entrer le Diable dans la nef, niché le Démon dans toutes les pierres d'angle ?

Nous nous récrions tous, et Louis Veraghen de s'esclaffer en s'éloignant :

« Je plaisante, mes bons frères ! Mais êtes-vous sûrs que cette pensée paradoxale soit à écarter ? Voulez-vous faire de moi *votre* Juif ? »

Il rit, et le timbre aigrelet de sa voix me fait tressaillir.

Je veux oublier l'hypothèse avancée par Louis Veraghen et en reviens au destin de Paul, dernier apôtre, avorton de Dieu et martyr.

Festus, le procurateur, s'étonne que, Juif mais citoyen romain, Paul soit devenu disciple de cet imposteur, Jésus, le Juif de Nazareth :

« Tu es fou, Paul ! lui dit-il. Les livres t'ont rendu fou !

— Tu te trompes, noble Festus, je ne suis pas fou. Au contraire, je prononce des paroles de vérité et de bon sens. »

On le flagelle, on l'emprisonne, on l'embarque à bord d'une galère afin de le conduire, sous la garde du centurion Julius, à Rome où l'empereur le jugera en tant que citoyen romain.

C'est Néron qui règne alors sur l'Empire.

Et Prochoros, dans la grotte de l'Apocalypse, écrit sous la dictée de Jean :

« J'ai vu et entendu un aigle voler au zénith et dire à grande voix : "Malheur, malheur, malheur aux habitants de la terre !" »

15

« Malheur, malheur, malheur aux habitants de la terre ! », car Rome, la Grande Prostituée, la Babylone maléfique et corrompue, brûle six jours et sept nuits durant.

Les flammes courent du Palatin au Vélabre, gravissent les collines, et les ruelles sont devenues des torrents de feu.

Néron contemple l'incendie.

Et Jean dicte à Prochoros :

« Que l'intelligent calcule le chiffre de la Bête, car c'est un chiffre d'homme, et ce chiffre est 666. »

Traçant *César-Néron* en caractères hébreux, Prochoros sait que la somme des valeurs numériques est bien 666.

Les chiens dévorent hommes, femmes et enfants, cependant que Néron cherche à détourner les accusations d'incendiaire que certains, dans la foule affolée, profèrent contre lui.

Qu'on tue les chrétiens ! Qu'on les désigne comme coupables, qu'on les livre aux animaux féroces, aux chiens affamés, qu'on les crucifie, qu'on les brûle !

Pierre a été crucifié, tête en bas, parce qu'il a tenu ainsi à montrer qu'il n'était rien qu'un apôtre dévoué à Dieu, mais ne pouvant connaître le même sort que le Christ, crucifié la tête levée vers le ciel. Jean se cache, dit-on, avant de gagner Éphèse. Paul va être livré au bourreau qui, par respect dû à un citoyen romain, lui tranchera la tête, lui épargnant la crucifixion, supplice réservé aux esclaves et aux criminels sujets de Rome.

Ils sont des milliers de chrétiens à être jetés dans l'arène, cousus dans des peaux de bêtes afin d'exciter la rage des chiens.

D'autres sont crucifiés, enduits de résine, puis leurs corps et les croix enflammés servent à illuminer les jardins de Néron dans lesquels la foule se presse.

« Malheur, malheur, malheur aux habitants de la terre ! »

Pierre est mort, Paul est mort, Jean survit.

Pourquoi Dieu choisit-Il celui-ci de préférence à celui-là ?

Pourquoi Marie, ma fille, s'est-elle tranché les poignets et la gorge ?

Pourquoi Dieu n'a-t-Il pas retenu cette main armée ?

Quelle faute Marie avait-elle commise ?

Est-elle morte pour moi, détournant la colère de Dieu qui allait me frapper, ou bien sa mort et ma douleur sont-elles mon châtiment ?

La mort de Marie est-elle une victoire du Diable ?

Des années se sont écoulées depuis l'incendie de Rome. L'empereur Domitien a succédé à Néron et c'est la quatorzième année de son règne.

Je marche aux côtés de Prochoros et de Jean. Nous sommes enchaînés à d'autres chrétiens arrêtés dans toutes les villes romaines de Mysie, de Lydie, d'Asie, de Galatie et de Cappadoce. Les procurateurs ont obéi aux ordres de Domitien. Nous partons en exil et les légionnaires qui nous entourent tuent tous ceux, femmes, enfants ou vieillards, qui ne peuvent suivre l'allure de la marche. Le centurion les frappe, puis, d'un signe adressé à l'un de ses soldats, donne l'ordre d'égorger le traînard. Les vautours escortent notre colonne ; dans un grand battement d'ailes, ils fondent sur les corps encore pantelants.

Arrivés sur les quais du port d'Éphèse, nous ne sommes plus que des ombres. On nous pousse, on nous jette sur un navire qui doit nous conduire au bagne impérial de Patmos.

C'est là, dans une grotte de cette île, que Jean commence à dicter à Prochoros son Apocalypse.

« Moi, Jean, votre frère, votre compagnon d'affliction, de règne et de résistance en Jésus, j'ai été dans l'île de Patmos à cause de la parole de Dieu et du témoignage de Jésus que je portais.

« J'ai entendu derrière moi une grande voix, comme de trompette, qui disait : "Ce que tu vois, écris-le dans un livre et envoie-le aux sept Églises : Éphèse, Smyrne, Pergame, Thyatire, Sardes, Philadelphie, Laodicée."

« Je me suis retourné pour voir cette voix qui me parlait et, retourné, j'ai vu sept lampes d'or.

« Et, au milieu des lampes, une sorte de fils d'homme revêtu jusqu'aux pieds, ceint à hauteur de poitrine d'une ceinture d'or, blanc de tête et de cheveux à l'instar d'une laine blanche comme neige, ses yeux comme une flamme de feu, ses pieds pareils à des bronzes de Liban en ardente fournaise, sa voix comme la voix des grosses eaux, avec sept étoiles dans la main droite et une épée aiguë à deux tranchants sortant de la bouche, et son visage comme brille le soleil dans toute sa force.

« Quand je l'ai vu, je suis tombé comme mort à ses pieds. Il a posé sur moi sa main droite et m'a dit : "Ne crains rien, je suis le Premier et le Dernier, et le Vivant. J'ai été mort. Et voici, je suis vivant dans les âges des âges, et j'ai les clés de la Mort et de l'Hadès..." »

16

Ces versets de l'Apocalypse de Jean sont devenus mes prières quotidiennes.

Je les murmure tout en déambulant sous les oliviers.

Pour les bergers, les paysans, et même les prêtres des deux monastères voisins de la grotte, je suis le professeur français à l'esprit égaré. On me salue avec compassion, souvent avec crainte. Je suis peut-être possédé par le Diable. Monseigneur Skiathos, un jour, m'a rapporté en souriant que certains prêtres priaient pour m'arracher aux griffes de la Bête, tandis que quelques-uns voulaient plutôt qu'on chasse « Déméter le fou », capable de commettre des sacrilèges dans la chapelle et le cimetière contigus à la bergerie.

J'ai écouté Monseigneur Skiathos, puis écarté les bras en signe d'impuissance ou de fatalisme. Paternel, Skiathos m'a rassuré : « Nous prions pour vous. »

Je n'ai rien changé à mes promenades ni à mes supplications.

Je m'arrête devant l'entrée de la grotte et tente d'imaginer la vie enfouie de Jean et de Prochoros, il y a de cela deux millénaires ; l'effroi qui a dû saisir Jean quand il voyait et entendait Dieu. Puis, en transes, il dictait à Prochoros ses prophéties et racontait ce qu'il venait de vivre, ses visions.

Et Prochoros consignait ses récits.

Je m'éloigne, longe les murs du petit monastère et m'approche à chaque fois de cette niche vide encadrée par des colonnes de marbre.

Un jour de pillage, les vautours turcs ont dû desceller et emporter la statue qui s'y trouvait. Il m'est arrivé de me glisser dans cette niche et d'y demeurer immobile, les yeux fermés, sentant sur mes épaules la pression de la pierre, et d'être ainsi enserré par elle me rassurait.

Le plus souvent, je prie longuement devant cette cavité, ce tombeau vertical, comme si le corps blessé de Marie se dressait devant moi dans ce cercueil de pierre.

J'implore :

« Dieu, notre Père, puisque Tu es vivant dans les âges des âges,

« Puisque Tu as la clé de la Mort et que Tu es le maître de l'invisible Hadès qui règne sur le monde des défunts,

« Dieu, notre Père, Toi qui es l'alpha et l'oméga, la fin et l'origine, prends-moi, conduis-moi aux Enfers, ne me laisse pas vivre avec cette plaie du remords, ce cancer qu'est la perte de ma fille Marie.

« Dieu, notre Père, je veux la rejoindre.
« Jette-moi dans l'étang de feu et de soufre afin que j'y sois tourmenté jour et nuit, dans les âges des âges. »

Je n'ai pas été exaucé et vis donc à Patmos une partie de l'année.

Je me terre dans ma maison, j'écris, lis, médite. Je sais que je mets en scène avec complaisance ma douleur, mon remords, ma culpabilité, et qu'on se moque, qu'on me traite d'égaré.

J'en fais l'aveu, il m'importe peu.

Je m'agenouille devant le portrait de Marie et me perds dans le gouffre de ses yeux.

Cette île est mon origine. Ici, l'Apocalypse m'a terrassé. Chaque jour, ma promenade sous les oliviers est un pèlerinage.

Je vais à Jean, l'écoute, le récite.

Je suis comme Prochoros, son scribe.

L'été, je réunis à Patmos quelques étudiants dont je dirige les recherches.

Louis Veraghen, qui fut mon collègue, se joint à nous. Je le hais et il me fascine. Je me sens lié à lui comme Caïn l'est à Abel. Je le crains et attends sa venue avec impatience, peut-être parce qu'il fouaille mes plaies, que ses ricanements, ses questions me déchirent comme feraient les dents d'une hyène.

Je déteste son avidité, son plaisir de vivre, la manière dont il prend par le bras Claudia Romano ou Rosa Berelowicz, les entraîne en les forçant à se serrer contre lui.

Vue de dos et de loin, sa silhouette est celle d'un jeune homme fluet et agile. Mais je me plais à attendre qu'il se retourne pour constater qu'il n'est qu'une poupée maquillée, ridée, cherchant en vain à faire illusion avec ses cheveux mi-longs, sans doute teints, dont les racines blanches réapparaissent en fin de séjour.

Lorsque, avec affection et non sans un brin de dérision, les étudiants l'appellent le « Vieux », j'ai l'impression qu'il va leur sauter à la gorge. Il les assassine du regard, le corps raidi, et, lui qu'on avait cru jusque-là distrait, il sape en quelques phrases leurs raisonnements, leurs hypothèses, toutes les conclusions d'une année de séminaire.

« Pauvres petits cons ! leur lance-t-il. Vos exposés ne sont que de la boue, de la bave, de la merde ! »

Implacable, il parle jusqu'à ce qu'ils rendent les armes, pantelants, accablés et admiratifs. Et tous lui font allégeance, citent ses travaux, reconnaissent son autorité. Il se rengorge, gonflé de vanité, leur conseille de lire son dernier livre consacré à *L'Inépuisable Actualité de la philosophie platonicienne.*

Il rit : « Appelez-moi donc le Vieux Platon ! » Et, tendant le bras vers moi, il ajoute : « Laissez tomber notre saint Paul et ses fariboles. Historien chrétien, c'est antinomique : un oxymore ! »

Il clame qu'il est athée, parce qu'être philosophe c'est oser regarder en face le néant, refuser de se perdre dans les labyrinthes de l'exégèse, brûler tous ces textes qui ne sont que des fables perpétuant la superstition.

« L'Apocalypse ? Tout simplement les divagations d'un vaincu, l'écho de la réalité du monde au premier siècle de notre ère. »

Il m'interpelle, me provoque.

« Le concept d'ère chrétienne, dit-il, n'est qu'une mystification, une connerie. Les événements, leur chronologie sont incertains. Et comment accepter le récit des miracles, le délire de la résurrection ? Il faut lire Suétone, Tacite, Sénèque, Marc Aurèle, et non les évangélistes, ces fabulateurs qui écrivent un demi-siècle après la crucifixion du Christ. Qui peut d'ailleurs affirmer qu'il a été crucifié ? Parlez-moi des six mille esclaves cloués entre Capoue et Rome, le long de la Via Appia, pour avoir suivi Spartacus. Lisez Flavius Josèphe et sa *Guerre des Juifs*. Quand, dans son texte, on découvre le Christ, on a tout lieu de penser qu'un moine faussaire, des siècles après, a introduit sa fable dans le plus grand livre d'histoire du premier siècle... »

D'un geste du bras, Veraghen balaie les Évangiles, l'Apocalypse, les Épîtres, les Actes des Apôtres , l'Ancien Testament : « Avec ces livres-là, on alimente et calme à la fois la folie et l'aveuglement des hommes », résume-t-il.

Lui ne connaît que la guerre des esclaves contre les maîtres, des serfs contre les seigneurs, des ventres creux contre les ventres dorés ou pourris, et la lutte des humains pour s'emparer du monde et domestiquer la nature.

Ces deux guerres-là, dit-il, s'entremêlent et ne cesseront qu'avec la fin de l'homme, à moins que les multitudes ne créent enfin cette Cité du Soleil à laquelle rêvait Tommaso Campanella.

Mais ce moine calabrais a passé la plus longue partie de sa vie en prison, l'Église préfère l'obscurité de la grotte de l'Apocalypse à la lumière solaire.

Veraghen se penche, pose la main sur mon épaule :

« Rome sanctifie Paul de Tarse, continue-t-il, cet homme qui n'a cessé de lapider son prochain : d'abord le chrétien, puis, quand il a changé de camp, le juif resté fidèle à sa foi.

« Un fou de pouvoir, voilà ce qu'est Paul : un révolutionnaire sans scrupule, le Lénine du christianisme, un Romain aussi cynique que César ! »

J'écoute sa voix nasillarde, arrogante, sûre d'elle-même. Assis au milieu du cercle que nous formons, Veraghen soliloque, me provoque, quête des yeux l'approbation des autres, propose que nous évoquions à présent les espérances de tous ces chrétiens persécutés, schismatiques et hérétiques qui voulurent bâtir ici et maintenant la Cité du Soleil, donc ne pas se contenter d'un paradis illusoire, cette drogue du mensonge qu'on inocule depuis l'origine des temps aux pauvres schizophrènes que nous sommes, passant notre vie à fuir la mort alors que nous courons au-devant d'elle.

Veraghen me vole les thèmes que j'ai suggérés il y a longtemps déjà. Il s'en empare, les détourne et les pervertit. Il les réduit à des épisodes de la guerre des classes alors que je découvre en moi, en chacun de nous, la présence du Mal, l'œuvre destructrice de la Bête, cette puissance maléfique qui frappe et se repaît des Justes.

Marie est morte avant d'avoir vécu, et je suis en vie. Voilà le scandale ! La preuve que Satan s'est échappé de l'abîme qu'un ange avait pourtant fermé et scellé.

Et c'était là prophétie du Christ-Dieu.

Jean l'Évangéliste la rapporte dans l'Apocalypse lorsqu'il dicte ce verset à Prochoros :

« À la fin des mille ans, Satan sera délié de sa prison. »

17

Satan, dont Jean, dans l'Apocalypse, dit qu'il est le Dragon, l'antique Serpent, le Diable, celui qu'un ange avait enfermé pour mille ans tout au fond d'un abîme, est à nouveau libre.

Je sais qu'il règne, marque les hommes au front et à la main, vide leurs yeux de toute vie et emplit leur cœur du désir de mort.

Selon Louis Veraghen, j'use ici des mots de la superstition.

Je le fais à dessein parce que je veux être blessé par son rire, ses arguments, ses sarcasmes.

Je ne puis lui répondre qu'il me suffit de contempler le portrait de Marie, d'affronter son visage décharné, son regard fixe, pour savoir que Satan s'est emparé d'elle et l'a torturée, l'armant d'une lame pour qu'elle se tue.

Je laisse Veraghen pérorer, espérant peut-être qu'il réussira, à mon corps défendant, à me convaincre.

Il m'accable, prenant les étudiants à témoin. Il utilise les textes que Claudia Romano a rassemblés pour l'un de nos séminaires consacré aux peurs de l'an mil, quand on attendait la fin des temps. Tous guettaient les signes annonciateurs de l'affrontement entre Dieu et Satan. Tous se réfugiaient, épouvantés, dans les églises pour fuir les esprits mauvais. Un moine, Raoul Glaber, n'avait-il pas vu, une nuit, le Diable se pencher sur sa couche ?

Veraghen rit et entreprend de donner lecture du texte de Raoul Glaber. De mon côté, je repense à ce gouffre peuplé de formes indécises qui s'est ouvert sous mes pieds quand j'ai appris par ma sœur la mort de Marie.

N'est-ce pas aussi incroyable que la description que Glaber donnait du Diable ?

« C'était une espèce de nain horrible à voir. Il était de stature médiocre, avec un cou grêle, un visage émacié, des yeux très noirs, le front rugueux et crispé, les narines pincées, la bouche proéminente, les lèvres gonflées, le menton fuyant, une barbe de bouc, les oreilles velues et effilées, les cheveux hérissés, des dents de chien, le crâne en pointe, la poitrine enflée, le dos bossu, les fesses frémissantes, des vêtements sordides. Échauffé par son effort, tout le corps penché en avant, il saisit l'extrémité de la couche où je reposais, imprima à tout le lit des secousses terribles et dit enfin :

« “Toi, tu ne resteras pas plus longtemps en ce lieu.”

« Et moi, épouvanté, je me réveille et le vois tel que je viens de le décrire.

« Lui, cependant, en grinçant des dents, répétait sans cesse :

« “Tu ne resteras pas plus longtemps ici !” »

Veraghen s’esclaffe, bientôt imité des autres.

Comment leur dire que, certaines nuits, dans la grande pièce où je dors, j’ai eu, comme le moine de l’an mil, la certitude – la vision – qu’un être monstrueux s’avançait vers moi, sorti du gouffre que j’avais vu s’ouvrir, la nuit de ma propre apocalypse ? Et qu’à chacune de ses apparitions je hurle, m’écrasant le visage contre l’oreiller comme pour m’étouffer, ne plus voir les yeux de Marie ?

Veraghen continue de se moquer de ceux qui, en ce début de troisième millénaire, croient en l’existence du Diable.

Il pointe l’index dans ma direction : je suis bien l’un de ces superstitieux, de ces attardés, de ces fanatiques, tout en prétendant écrire, moi, l’histoire du christianisme !

Voilà qui donne la mesure de la régression intellectuelle, de l’obscurantisme où s’engloutit la raison.

Il faut répéter, oui, ressusciter – Veraghen ricane – l’appel de Voltaire : « Écrasons l’Infâme ! »

Puis, d’une voix redevenue tout à coup amicale, il me conseille de consulter un psychanalyste qui m’aiderait à accomplir un travail de deuil qu’à l’évidence je n’ai pas encore commencé.

Et il m’enveloppe l’épaule d’un bras fraternel.

Je repousse brutalement Veraghen, me dresse, marche tout en m’arrêtant devant chacun des étudiants assis en cercle sur cette terre sèche et caillouteuse de Patmos.

Je les interpelle l'un après l'autre.

Toi, Vangelis Natakis, au visage taillé à coups de serpe, aux sourcils broussailleux, aux cheveux noirs et bouclés, ta chemise moulant ton torse vigoureux. Toi, Claudia Romano, que je n'ose regarder parce que j'imagine, en te voyant, ce qu'aurait pu devenir Marie, ma fille disparue, avant de goûter aux âpres sucs de la vie. Et toi, et toi...

À chacun, je lance d'un ton par trop violent :

Tu auras beau refuser les mots *Dragon*, *antique Serpent*, *Diable*, *Bête*, tu auras beau ignorer ce que signifie le nombre 666, tu ne pourras nier que le Mal laboure la chair des hommes. Et moi, pour ma part, j'appelle le Mal du nom de Satan !

C'est lui, c'est nous qui laissons mourir de faim les enfants, et détournons la tête !

C'est lui, c'est nous qui avons fracassé contre les murs les crânes des nouveau-nés !

C'est lui, c'est nous qui les avons poussés dans les chambres à gaz !

C'est lui, c'est nous qui avons largué les bombes sur des centaines de milliers, sur des millions de vivants, et, comme Néron le fit avec les chrétiens dans Rome en flammes, c'est lui, c'est nous qui les avons transformés en torches vivantes !

C'est lui, c'est nous qui avons acclamé ceux qui ont donné l'ordre d'exterminer, de martyriser les corps, de les livrer aux chiens, de briser leurs membres, de crever leurs yeux !

C'est lui, le Mal, Satan qui est en nous !

Je me tourne vers Veraghen : qui est l'égaré, lui ou moi ? Qui refuse de voir la réalité, qui invente des songes, entretient des illusions, croit que de la guerre perpétuelle entre les esclaves et les maîtres naîtra cette Cité du Soleil dont il rêve ?

Il ment.

Pour que le Mal fût chassé du cœur des hommes, que le Bien triomphât, il eût fallu que Caïn fût dénoncé, enchaîné.

Là est la grande bataille, la « guerre du grand jour du Dieu tout-puissant », qui se déroulera entre Caïn et Abel, entre les hommes rassemblés, ceux soumis au Diable et ceux disciples du Christ, en un lieu appelé en hébreu Armageddon.

Toi, toi et toi, Vangelis Natakis, Claudia Romano, Rosa Berelowicz, et toi et toi, Hugo Moralès, Vincent Boyon, et toi encore, Hans Wessermann, lisez l'Apocalypse de Jean, écrite à quelques pas d'ici à la fin du premier siècle. Elle annonce ce que nous vivons depuis deux millénaires !

Ils sont restés silencieux. Même Louis Veraghen s'est tu.

Alors je me suis souvenu de la méditation d'un abbé du XIe siècle et leur ai dit que je la faisais mienne, que mille ans s'étaient écoulés depuis lors, mais que tous ses mots palpitaient de vie, qu'ils exprimaient ma foi, mon espérance.

Superstition, égarement, fanatisme ?

Que chacun juge !

J'ai récité :

« Le Christ a été circoncis pour nous couper des vices de la chair,

« Présenté au Temple pour nous amener au Père purs et sanctifiés,

« Baptisé pour nous laver de nos crimes,

« Pauvre pour nous faire riches et faible pour nous rendre forts,

« Tenté pour nous protéger des attaques diaboliques,

« Capturé pour nous délivrer du pouvoir de l'ennemi,

« Vendu pour nous racheter par son sang,

« Dépouillé pour nous vêtir du manteau d'immortalité,

« Moqué pour nous soustraire aux sarcasmes démoniaques,

« Couronné d'épines pour nous arracher aux ronces de la malédiction originelle,

« Humilié pour nous exalter,

« Élevé en croix pour nous attirer vers lui,

« Abreuvé de fiel et de vinaigre pour nous introduire dans les terres de la joie sans fin,

« Sacrifié en agneau sans tache sur l'autel de la Croix pour porter les péchés du monde. »

J'avais déclamé d'une voix exaltée et mon corps, quand je me suis tu, en tremblait encore.

J'ai fermé les yeux. Le silence m'a enveloppé.

C'était le lourd et froid linceul de l'incompréhension.

Dieu est parole de vie pour le croyant, vain et ridicule discours pour le mécréant.

J'ai baissé la tête, attendant qu'on me frappe, puisque j'avais osé crier ma foi, contrevenant ainsi aux conventions du siècle qui imposent modération et dérision.

Je n'ai pas eu à attendre longtemps. Veraghen a rompu le silence. Il m'a accusé de n'être qu'un bateleur, un prédicateur de carême, un inquisiteur, car derrière les mots hypocrites il y avait l'appel aux bûchers, aux pogroms, à la croisade.

« On psalmodie l'amour divin, a-t-il poursuivi tandis que je m'éloignais, on exhibe le corps souffrant du Christ pour mieux tuer en son nom ! On massacre les juifs, les infidèles, les hérétiques ! »

J'ai pressé le pas, mais Veraghen lançait vers moi les mots comme on lapide.

Au moment où je pénétrais dans ma maison, il criait encore :

« L'agneau de Dieu est carnivore ! »

J'ai refermé la porte et me suis agenouillé devant le portrait de Marie pour prier.

18

Je voudrais ne pas cesser de prier afin que sourde en moi le murmure du Verbe sacré, qu'il étouffe mon angoisse, repousse les éclats de voix qui viennent battre ma porte.

Je reconnais le ton nasillard de Veraghen. Il parle et frappe fort. Il sait comment et où m'atteindre.

Les étudiants sont groupés autour de lui. Je les devine fascinés, heureux et curieux du spectacle que nous leur donnons, nous, les vieux maîtres.

Veraghen lance les noms de Pierre l'Ermite et de Gautier Sans Avoir. Il ouvre donc le chapitre des croisades. Il va accompagner la grande armée des gueux, des femmes échevelées, des enfants affamés, cette multitude de pauvres qui s'est rassemblée à l'appel du pape Urbain II.

Ils marchent vers la Terre sainte, veulent libérer le Saint-Sépulcre conquis par les infidèles. Ils croient que c'est là l'ultime combat entre le Bien et le Mal, les disciples de Dieu et les suppôts du Diable.

Point de pitié pour les mécréants, les juifs, les riches qu'ils rencontrent au long de leur route.

Ils pillent, massacrent, enlèvent les jeunes filles, les femmes à leurs époux. Ils violent, ils incendient. Ils arrachent ou brûlent la barbe à ceux qui les ont reçus et hébergés. Ils saccagent les synagogues, mais aussi les palais épiscopaux, les châteaux.

On les avait accueillis comme des fils de Dieu prêts à combattre et à mourir pour Lui. Voici qu'on les maudit, qu'on les fuit et, pour finir, qu'on les égorge.

Cette tourbe, s'écrie Veraghen adossé à ma porte, c'est cela, l'armée du Bien, le peuple de Dieu ?

Il ricane, martèle chaque mot.

Il se met à déclamer des lignes extraites des *Mémoires d'outre-tombe* que j'avais placées en exergue de l'un de mes livres consacrés aux martyrs chrétiens de Néron.

Les papes, poursuit-il, ne sont que des empereurs mitrés. Les uns et les autres exploitent les hommes et les tuent.

Il me provoque, exige l'avis de l'historien. Il lit avec emphase le texte de Chateaubriand :

« Lorsque, dans le silence de l'abjection, on n'entend plus retentir que la chaîne de l'esclave et la voix du délateur, lorsque tout tremble devant le tyran et qu'il est aussi dangereux d'encourir sa faveur que de mériter sa disgrâce, l'historien paraît, chargé de la vengeance des peuples. C'est en vain que Néron prospère. Tacite est déjà né dans l'Empire. »

Quand vas-tu naître, ou plutôt renaître, Paul Déméter ?

Je baisse la tête, écrase mes oreilles avec mes paumes. Sans fin, j'évoque Dieu et recherche la souffrance en meurtrissant mes genoux contre les dalles, mon front contre le mur. Je veux faire entrer en moi le Verbe, qu'il m'envahisse, comble mon vide.

J'espère, j'attends le moment où je pourrai dire, comme saint Bernard : « Le Verbe est venu en moi... J'ai perçu qu'il était là et me souviens de sa présence... »

Mais comment partager cette révélation, exprimer cette fusion, cet apaisement soudain ?

Une puissance attentive et charitable m'enlace, me pénètre, m'entraîne. Je communie avec elle.

Dieu m'a-t-Il entendu ? Est-ce enfin une mort bienveillante qu'Il m'envoie ?

Je me souviens de cette confession de Bernard :

« Je commence à mourir à chaque fois que meurt l'un des miens. »

Ils sont tous morts et Dieu a laissé le Diable me prendre Marie. Elle aurait pu me donner l'illusion – j'y ai maintes fois succombé – que ma vie allait se prolonger par la sienne, qu'elle féconderait à son tour d'autres vies. Qu'ainsi je resterais un arbre entouré de jeunes pousses, et non un vieux tronc pourri, dressé seul sur la terre déserte avec, au cœur, la nostalgie de la forêt.

Dieu l'a voulu ainsi. Tout s'arrête avec moi. La sève s'est tarie. J'attends le coup de vent ou de hache qui me brisera. Je ne serai plus que sciure infertile.

Veraghen frappe à ma porte, il me défie.

J'ai honte de mon silence, de ma complaisance, de la démesure orgueilleuse de mes pensées.

Alors que je ne suis qu'un grain de poussière.

Saint Bernard dit :

« Élevez-vous par l'humilité. Telle est la voie, il n'y en a pas d'autre. Qui cherche à progresser autrement tombe plus vite qu'il ne monte.

« Seule l'humilité exalte ; seule elle conduit à la vie. »

19

J'ai ouvert à Veraghen.

Il est entré et, comme les étudiants hésitaient à le suivre, je les ai invités à venir s'installer dans la grande pièce.

Ils ont fait mine de ne pas remarquer le portrait de Marie, mais tous, en s'asseyant sur le canapé et dans les fauteuils qui lui font face, l'ont regardée à la dérobée. Même Veraghen est resté un long moment tête baissée comme s'il avait craint d'affronter le visage décharné, le regard vide de Marie.

Ma morte imposait sa loi, nous forçait à chuchoter comme lors d'une cérémonie funèbre, et j'ai eu la tentation de réciter le sermon que saint Bernard prononce après la mort de son frère :

« Pourquoi a-t-il fallu que je te perde au lieu de te devancer ? J'attends l'heure, qui tarde à venir, où je pourrai te suivre partout où tu iras. »

J'ai pris place derrière mon bureau, accoudé à la longue table, les poings soutenant mon menton, tournant le dos à Marie.

J'ai dit : « C'était le 27 novembre 1095, dans la cathédrale de Clermont, en Auvergne. »

Le pape Urbain II s'avance lentement dans la nef où se presse, dans le chatoiement de l'or et de la pourpre, dans le reflet des joyaux et des armes, la foule des évêques et des nobles seigneurs venus de toute la chrétienté : des centaines de cierges illuminent d'une lueur dorée la cathédrale alors que des vitraux tombe une lumière grise.

Urbain dit :

« Bien-aimés frères !

« Il est urgent d'apporter en hâte à vos frères d'Orient l'aide si souvent promise et d'une nécessité si pressante. Turcs et Arabes les ont attaqués et se sont avancés dans le territoire de la Romanie... Si vous les laissez à présent sans résister, alors qu'ils en ont tué et fait captifs un grand nombre, ont détruit les églises, dévasté le royaume, ils vont étendre leur vague plus largement sur beaucoup de fidèles serviteurs de Dieu.

« C'est pourquoi je vous prie et exhorte – non pas moi, mais le Seigneur vous prie et exhorte comme hérauts du Christ, les pauvres comme les riches – de vous hâter de chasser cette vile engeance des régions habitées par nos frères et d'apporter une aide opportune aux adorateurs du Christ... Car une rage barbare a détruit les églises de Dieu en Orient par une malheureuse dévastation ; plus encore, la sainte cité du Christ illustrée par sa Passion et sa Résurrection a été réduite à une intolérable servitude...

« Si ceux qui iront là-bas perdent leur vie pendant le voyage sur terre ou sur mer, ou dans la bataille contre les païens, leurs péchés leur seront remis en cette heure : je l'accorde par le pouvoir de Dieu qui m'a été donné... »

Un moine au corps chétif, mais d'une rare éloquence et de vibrante ferveur, a connaissance de l'appel d'Urbain II. Il vit seul dans les forêts qui entourent la ville d'Amiens, allant d'un village à l'autre, prêchant, et l'on se rassemble autour de ce Pierre l'Ermite qui partage le peu qu'il possède, traite de créatures du Diable les braconniers de chair humaine qui, par ces temps de disette, volent les enfants et se repaissent de leur chair.

On suit Pierre l'Ermite comme s'il recelait quelque chose de divin, on va jusqu'à arracher les poils de son mulet pour les garder comme des reliques.

Quand il se met à exhorter les gueux à s'enrôler dans la grande armée des croisés, tous demandent à lui emboîter le pas.

On voit des pauvres ferrant leurs bœufs à la manière des chevaux, les attelant à des chariots à deux roues sur lesquels ils chargent leurs maigres provisions, leurs femmes et leurs enfants. Chaque fois qu'ils aperçoivent un château ou une cité, ils demandent si ce ne serait pas là cette Jérusalem vers laquelle ils marchent.

Puis le rêve tourne au cauchemar. Le froid mord les âmes et les corps en ces premiers mois de l'année 1096. On doute. Le gel crevasse les doigts et les lèvres, la faim tord le ventre.

Les marcheurs de Dieu qui vont délivrer le Saint-Sépulcre n'ont-ils pas le droit de prendre aux riches, aux juifs, et ces derniers ne sont-ils pas les ennemis du Christ ? Ne sont-ce pas des juifs qui ont jugé et condamné l'Envoyé de Dieu ?

Ceux qui suivent Pierre l'Ermite et Gautier Sans Avoir, un chef de bande, commencent à piller et violer, à tuer et incendier. Certains rejoignent des hordes commandées par le comte Emich de Leisingen et le prêtre Folkmar. On pourchasse les juifs à Spire, à Trèves, à Worms, à Mayence.

Dans cette dernière ville, l'évêque recueille chez lui de ces juifs qu'on veut tuer. Mais les bandes s'attaquent à la synagogue, la ravagent, dévident les rouleaux de la Thora dont ils se moquent et qu'ils dispersent dans les rues. Les morts se comptent par centaines.

Puis l'orage s'éloigne. La multitude a repris la route, atteint Constantinople où elle se remet à piller, à détruire.

Un témoin raconte : « Ni l'hospitalité des habitants, ni l'affabilité de l'empereur ne purent adoucir ces pèlerins qui portaient sur l'épaule la croix des croisés. Ils se conduisaient avec une extrême insolence, saccageant les palais de la ville, mettant le feu à d'autres édifices, enlevant les plombs qui couvraient le toit des églises afin de le revendre. »

On les força à quitter la ville, à traverser le bras de mer dit de Saint-Georges, à gagner ainsi l'Asie.

C'était pousser cette multitude dans l'abattoir turc.

Ces gueux ignoraient l'art de se servir de l'arbalète. Ils ne savaient manier que le bâton et la faux. Ils étaient mains et poitrines nues, et les Turcs les massacrèrent.

« Que de têtes coupées, que d'ossements d'hommes tués nous trouvâmes étendus dans les champs ! Ces ossements composaient un énorme tas, ou plutôt un tertre, ou plutôt une colline, ou plutôt une haute montagne couvrant une immense superficie. »

Ces croisés, ces gueux qui avaient voulu libérer le Saint-Sépulcre, on fit avec leurs ossements les murs de Nicomédie, petite cité d'Asie Mineure.

Quel homme peut connaître son destin ?

20

J'aurais dû m'interrompre, cesser de fournir à Veraghen ces pierres aiguës avec lesquelles il allait achever de me lapider. N'avais-je pas déjà tout dit de cette première croisade, des méfaits et des crimes perpétrés par cette multitude de gueux partis vers Jérusalem en clamant des cantiques avec la ferveur des pèlerins et devenus une horde de bêtes sauvages laissant derrière elle des femmes éventrées, des hommes brûlés vifs ?

J'ai livré les noms de ces comtes et de ces barons qui avaient renié leur serment de chevalier et s'étaient conduits en chefs de bande, accompagnés par des prêtres qui bénissaient les criminels, puis se vautraient eux aussi dans le vol et la débauche. Alors que plus personne, ni Veraghen ni les étudiants, ne me posait de question, j'ai réduit à néant la légende de Pierre l'Ermite, qui avait abandonné ceux qui avaient cru en sa parole. J'ai continué à vomir comme un malade secoué de spasmes qu'il ne parvient plus à contenir et qui souhaite vider son corps de tout ce qui le ronge, qui sent son ventre et sa bouche encore féconds de nouvelles horreurs.

Les juifs, ai-je poursuivi, on ne les avait pas seulement pourchassés et tués dans les villes d'Allemagne, puis tout au long de la route, mais déjà à Rouen, à Troyes, au départ même de la croisade.

On avait exigé d'eux, en passant le fil de la lame sur leur gorge, qu'ils écrivent à leurs coreligionnaires de Trèves ou de Cologne, de Spire, de Mayence ou de Worms, de se plier aux exigences des croisés. Que les communautés fournissent argent, chevaux, nourriture aux pèlerins !

J'ai vomi ces faits appris, ressassés, enseignés, mais jamais vécus comme à cet instant, à quelques centaines de pas de la grotte de l'Apocalypse.

J'avais besoin de cette confession, de clamer ma complicité avec ces barbares qui se réclamaient du Christ et se comportaient en créatures du Diable.

Celui-ci n'avait pas seulement détourné les pauvres devenus esclaves : il avait perverti les barons, les chevaliers.

Comment ne pas rappeler le sort réservé aux païens par les croisés lorsqu'ils ont enfin conquis la ville de Maara en décembre 1098 ?

Tandis que je parlais, j'ai vu Louis Veraghen, Rosa Berelowicz, Vangelis Natakis et les autres baisser la tête comme si eux aussi se sentaient honteux, coupables.

« Pendant trois jours, les croisés passèrent au fil de l'épée les habitants de la ville… Les nôtres faisaient bouillir les païens adultes dans des marmites, ils fixaient les enfants sur des broches et, grillés, les dévoraient. »

Un autre chroniqueur précisait :

« Une terrible famine assaillit l'armée à Maara et la mit dans la cruelle nécessité de se nourrir des cadavres des Sarrasins… Les nôtres ne répugnaient pas à les manger ; ils dévoraient aussi les chiens. »

Je suis le coupable que son aveu libère et qui se laisse emporter par l'ivresse de la confession, qui aspire à vomir jusqu'à ce que son corps soit vide.

Je raconte l'entrée des croisés dans Jérusalem, en juillet 1099, et la tuerie qui s'ensuivit. On dit que le sang dans les mosquées avait tant coulé qu'il montait jusqu'au poitrail des chevaux.

On dit qu'il n'y eut de grâce pour personne.

Les juifs furent rassemblés dans leur synagogue et brûlés vifs. Les chrétiens grecs, géorgiens, coptes, syriens, arméniens furent torturés afin qu'ils avouent où se trouvait cachée la vraie Croix sur laquelle le Christ est mort. Les membres rompus, les yeux crevés, ils livrèrent leur relique sans même sauver ce qui leur restait de vie.

Je me cache le visage entre mes mains, puis me tourne et m'engloutis dans les yeux vides de Marie.

Est-elle morte des crimes qu'elle n'avait pas commis, mais qui étaient aussi les siens, tout comme ils sont les miens ?

Mais moi je n'ai que le courage d'avouer, non celui de me punir.

Elle, elle s'est tranché les poignets et la gorge.

Veraghen se lève, vient s'appuyer près de moi au rebord de la longue table.

« Comme les cieux sont vides, murmure-t-il, les hommes fabriquent des dieux, non pour s'aimer les uns les autres, mais pour se haïr plus férocement encore. »

Il pose une main sur mon épaule. Je m'écarte. Je ne veux ni de sa compassion, ni de ses noires certitudes.

Je tiens à affirmer ma foi. Je cherche fébrilement, dans mes piles de livres, celui de saint Bernard dont je relis souvent des phrases.

Je le trouve, et l'ouvre ; je lis :

« Nous avons l'instinct commun avec les bêtes, mais ce qui nous distingue d'elles, c'est le consentement volontaire. »

Je le brandis vers Veraghen comme un bouclier.

« Par le sacrifice du Christ, par le Saint-Esprit, nous l'emportons sur les autres vivants, nous sommes vainqueurs de la chair, nous triomphons de la mort elle-même.

« Nous sommes liberté, mais celle-ci nous vient du Christ.

« Supprimez le libre arbitre, et il n'y a rien à sauver ; supprimez la grâce, et il n'y a rien d'où vienne le salut. C'est Dieu qui est l'auteur du salut, c'est le libre arbitre qui en est capable. »

Veraghen s'est écarté, mais il attend que le dernier des étudiants soit sorti de la grande salle. Il revient alors vers moi, me dévisage, plisse les paupières comme pour mieux me percer. Sa mimique exprime mépris et commisération.

« Aucun casuiste, dit-il, aucun sophiste ne peut faire oublier les enfants cuits à la broche et dévorés à pleines dents comme s'il s'agissait de porcelets. »

Il traverse la pièce, s'arrête sur le seuil.

« Bon appétit, Paul ! » profère-t-il.

C'est la dernière pierre qu'il me lance et je me mords les lèvres pour ne pas hurler.

21

Je me suis cloîtré dans la solitude et le silence, fuyant dès l'aube la bergerie, évitant ainsi d'éventuelles visites de Veraghen ou des étudiants.

Je grimpais vers le sommet de l'île, marchant entre les oliviers, les lauriers blancs et roses, les figuiers.

La cime était dénudée. Je me glissais entre les rochers, me blottissais dans les failles et les anfractuosités de la pierre. C'étaient mes grottes de l'Apocalypse, mes colonnes de stylite !

Parfois, un chien de berger venait me flairer. Il frétillait, bondissait, puis retournait vers son troupeau en jappant. Peu après, le berger me hélait et je lui achetais du pain, des oignons, un fromage aussi dur qu'un caillou.

J'écrivais, mon cahier posé sur un méplat de la roche.

Je lisais et relisais un texte de saint Bernard qu'il me semblait comprendre pour la première fois alors que j'en avais fait le commentaire durant tout un semestre de cours.

Ce livre n'avait été pour moi, dans la petite salle de la rue des Écoles, que le prétexte à ce jeu savant qu'est une exégèse. À présent, il était devenu un brasier, chacun de ses mots brûlait. Il complétait l'Apocalypse de Jean et répondait aux questions que je me posais.

Saint Bernard y affirmait qu'on pouvait vivre parmi les hommes tout en étant habité par Dieu, et agir en Lui restant fidèle.

Ainsi, tout au long de sa vie, Bernard avait-il accompli ces actes de foi qu'étaient les constructions des abbayes cisterciennes. J'aimais leur pierre blanche et nue, la radicale austérité de leur architecture, leur verticalité exaltante, l'élan vers Dieu qu'elles exprimaient.

Il avait prêché la croisade à Vézelay en 1146 et rédigé la charte des chevaliers du Temple, censés combattre les païens sans oublier, du croyant, la discipline rigoureuse et les devoirs.

Dans mon cours au Collège de France, j'avais mis en garde mes étudiants contre le fanatisme de Bernard. Mais, à Patmos, je ne condamnais plus ses propos. Car le choix m'apparaissait soudain en toute clarté. Ou bien l'on renonçait à l'action parmi les hommes et l'on s'asseyait, jambes croisées, au sommet d'une colonne, soucieux seulement, par la méditation, le dénuement, le jeûne, de communier avec le Christ. Ou bien l'on restait dans le monde des hommes et l'on combattait pour Dieu, pour défendre le Saint-Sépulcre, empêcher que la fausse espérance des infidèles, leur religion en trompe-l'œil ne refoulent et ne supplantent la juste et unique foi, celle dans le Christ.

Saint Bernard dit aux chevaliers du nouvel ordre du Temple :

« Allez donc en toute sécurité, chevaliers, et affrontez sans crainte les ennemis de la croix du Christ… Le soldat qui revêt son âme de la cuirasse de la foi comme il revêt son corps d'une cuirasse de fer est à la fois délivré de toute crainte et en toute sécurité, car, à l'abri de cette double armure, il ne craint ni l'homme ni le Diable… Il ne craint ni de pécher en tuant des ennemis, ni de se trouver en danger d'être tué lui-même. C'est pour le Christ, en effet, qu'il donne la mort et la reçoit. Il ne commet ainsi aucun crime et mérite une gloire surabondante. S'il tue, c'est pour le Christ ; s'il meurt, le Christ est en lui… S'il tue un malfaisant, il ne commet pas un homicide, mais un malicide ; il est le vengeur du Christ contre ceux qui font le mal, et obtient par là le titre de défenseur des chrétiens. »

Je me souviens du réquisitoire qu'avait prononcé Veraghen lorsque, dans la bibliothèque du Collège de France, je lui avais lu ce texte. Il s'était indigné, dénonçant le fanatisme de saint Bernard, la manière dont ce moine oublieux de la compassion justifiait le meurtre de l'Autre : il promettait l'impunité aux tueurs, aux bourreaux, aux inquisiteurs ; ouvrant la voie au génocide, il le justifiait ! Bernard était le saint patron des exterminateurs, de tous ceux qui rêvaient d'une solution finale.

J'avais écouté Veraghen sans le suivre, mais cependant sensible à ses arguments. À Patmos, rongé par le remords et la culpabilité, j'ai découvert que saint Bernard était d'abord un homme qui avait accepté le combat, refusé la lâcheté cachée derrière la compassion, condamné le renoncement et l'inaction.

Il s'était dressé contre l'indifférence et le fatalisme. Or rien n'était jamais joué : Dieu laisse aux hommes leur libre arbitre. Et Bernard, osant regarder le Mal en face, voulait l'enchaîner.

Il traquait la Bête là où elle se terrait, quelle que fût la forme qu'elle revêtait.

Tout en prêchant la croisade, il voyait aussi, parmi les troupes désordonnées qui s'apprêtaient à partir pour la Terre sainte, des scélérats, des impies, des voleurs, des sacrilèges, des parjures. C'est que le Mal est au cœur du Bien, et cette réalité ambiguë est le propre des affaires humaines.

Pour autant, saint Bernard ne renonce pas. Il exhorte avec encore plus de détermination :

« Que faites-vous donc, hommes courageux ? Que faites-vous, serviteurs de la Croix ? Donnerez-vous aux chiens ce qu'il y a de plus saint, aux pourceaux des pierres précieuses ? Les ennemis de la Croix relèvent leur tête sacrilège et leur épée dépeuple cette Terre bénie, cette Terre promise ! Si personne ne résiste, ils vont se lancer sur la ville même du Dieu vivant pour détruire les endroits où s'est accompli le Salut... Ô douleur, ils veulent s'emparer du sanctuaire le plus sacré de la religion chrétienne, usurper le tombeau où, à cause de nous, notre vie a connu la mort ! »

Il faut donc se battre contre le Mal, traquer l'infidèle, mais aussi ce moine cistercien, Rodolphe, « cet homme sans cœur qui prêche sans en avoir le droit, qui méprise les évêques et justifie le vain homicide » en affirmant que la croisade commence en Germanie même, contre les impies et les juifs !

Alors, devant les foules assemblées dans les nefs des églises d'Allemagne, Bernard s'écrie :

« Toucher aux juifs, c'est toucher à la prunelle de l'œil de Jésus, car ils sont "ses os et sa chair" !

« Le peuple juif a jadis reçu le dépôt de la Loi et des promesses, il a eu des Patriarches pour pères, et le Christ, le Messie béni dans les siècles des siècles, en descend selon la chair... »

Je me recroqueville dans un creux de la roche, serrant mes genoux à deux bras. Je ne suis qu'une pelote de fils embrouillés, un écheveau de contradictions.

Ma faute est de m'être enfermé en moi par égoïsme, par lâcheté, par fanatisme, et d'avoir ainsi laissé Marie s'avancer comme une proie, pauvre agneau de Dieu, vers la Bête qui allait l'égorger !

Et moi, son père, j'ai détourné la tête.

Quand il dit que si les chrétiens ne résistent pas, « le Malin voit cela, frémit d'envie, grince des dents et trépigne », Bernard parle de ma vie, de mon attitude face au destin de Marie.

Mais agir, c'est prendre aussi le risque de se tromper.

Quand les croisés marchent vers Jérusalem, il y a parmi eux des sacrilèges, des impies qui violent, volent, brûlent vifs les juifs, égorgent et dévorent les enfants. Il faut les dénoncer, extirper des rangs des fidèles ces esclaves et ces suppôts du Diable.

En revanche, si, du fait de leur présence, je n'agis pas, demeure inerte spectateur, alors le sanctuaire le plus sacré de la religion chrétienne va tomber ou rester aux mains des infidèles.

Vivre et agir en homme parmi les hommes, c'est être écartelé – crucifié !

22

Je regagne la bergerie lorsque le crépuscule se laisse recouvrir par la vague noire de la nuit.

J'ai le pas incertain de l'aveugle. Je trébuche souvent, tombe parfois. La tentation me prend alors de rester face contre terre, mes lèvres sur la pierraille qui m'a déchiré les genoux, les paumes, le menton.

« Lorsqu'il s'agit de toi, dit saint Bernard, évite l'excès de complaisance et d'indulgence. Connais ta propre mesure. Tu ne dois ni t'abaisser, ni te grandir, ni t'échapper, ni te répandre. Avance donc avec précaution dans cette considération de toi-même. Sois envers toi intransigeant ! »

Je me relève. Bernard poursuit :

« Qu'il n'y ait surtout dans ton esprit aucune fraude ! Il faut que le partage soit loyal. À toi, tout ce qui est tien. À Dieu et sans mauvaise foi, ce qui est à Lui.

« Je crois inutile de te persuader que le mal provient de toi et que le bien est l'effet du Seigneur. »

La pente, enfin, se fait moins escarpée. Le parfum entêtant des lauriers se mêle à celui des figuiers. Je m'arrête sous l'un de ces arbres et, à tâtons, cherche un fruit et mords dans sa fraîcheur sucrée.

« La connaissance n'est pas dans le fruit, mais dans l'art de le saisir », dit encore Bernard.

Il m'accompagne, me guide ainsi jusqu'à la porte de ma bergerie.

Une silhouette s'est dressée si vivement devant moi que je l'ai heurtée. Aussitôt, alors que je n'avais jamais effleuré son corps, qu'il me semblait même ne l'avoir jamais regardé, j'ai reconnu Claudia Romano.

Nous sommes d'abord restés immobiles l'un contre l'autre, bras ballants, puis, d'un même mouvement, comme si nous avions rêvé ce moment dans les profondeurs inconscientes de nos âmes et de nos désirs, nous nous sommes enlacés. Et nos corps se sont unis.

Ils se retrouvaient après une longue attente.

Dans cette nuit qu'était ma vie depuis la mort de Marie, ce fut pour moi une lueur, tout le contraire de ce que j'avais vécu quand, dans le hall de l'hôtel Xénia, un gouffre s'était ouvert devant moi à la seconde où j'apprenais cette mort. Et, depuis lors, j'avais erré dans les ténèbres.

La lueur a eu tôt fait de se dissiper. J'ai reculé d'un pas. Claudia a fait de même.

J'ai ouvert la porte de la bergerie et éclairé la grande salle. Nous nous sommes retrouvés pris dans la lumière, aveuglés, corps à présent séparés de plusieurs pas comme s'ils ne s'étaient jamais serrés l'un contre l'autre.

Nous n'avons pas prononcé un mot. J'ai incliné la tête, mon bras n'osant pas même se lever pour inviter Claudia à entrer. Elle a refusé d'un geste de la main. J'ai éteint, refermé la porte, lui proposant de la raccompagner.

Elle habitait avec Rosa Berelowicz l'une des maisons d'un hameau situé non loin du monastère Haghios Ioannis Théologos.

Nous nous sommes arrêtés avant d'arriver à la première maison.

Nous étions face à face. Elle s'est mise à parler si vite que j'ai eu de la peine à retenir ses mots, le plus souvent italiens. Les étudiants, disait-elle, s'inquiétaient de ma disparition, mais n'osaient monter jusqu'à la bergerie. Veraghen était parti pour Samos. Elle avait voulu savoir si j'allais bien.

Nos corps restaient séparés sans pouvoir s'éloigner l'un de l'autre.

Puis, tout à coup, nous nous sommes à nouveau enlacés – une très brève étreinte pour nous persuader que nous n'avions pas rêvé la première.

Puis nos corps se sont quittés.

23

Je n'ai pas voulu perdre l'empreinte du corps de Claudia. Toute la nuit je suis resté allongé, immobile, craignant que la chaleur qu'elle avait laissée en moi et sur moi ne se dissipe et que ne s'efface ainsi sa trace.

J'avais croisé les bras pour la retenir contre moi prisonnière, n'éprouvant nul autre désir.

Je tenais à conserver le souvenir de l'élan qui, d'instinct, nous avait poussés l'un vers l'autre.

C'était comme si l'affirmation de saint Bernard que j'avais tant de fois citée et méditée s'était incarnée, était devenue ce mouvement, cette étreinte, cette émotion.

« La connaissance n'est pas dans le fruit, mais dans l'art de le saisir », avait-il écrit.

N'était-ce pas ce que je venais de vivre ?

Car il n'y avait eu entre nous aucune ambiguïté. Je n'avais jamais désiré Claudia Romano. J'avais même le sentiment de ne l'avoir jamais vue. Peut-être avais-je délibérément évité de la regarder parce qu'elle était la jeune femme que Marie aurait pu devenir.

Mais Marie était morte.

Pourtant, dans la nuit, devant la porte de la bergerie, nous nous étions reconnus, et j'en venais à penser que, depuis que Claudia avait débarqué à Patmos, qu'elle participait à nos débats sous les oliviers, je n'avais cessé de la voir, sans que ma conscience en fût avertie.

Alors que mon corps, mon âme avaient espéré le moment où je pourrais enfin l'étreindre.

Ce qui avait eu lieu.

J'ai fouillé dans ma mémoire et je l'ai vue resurgir.

Elle était assise au premier rang, dans l'amphithéâtre du Collège de France. Ses cheveux noirs tombaient comme un voile le long de son visage penché vers la gauche.

Je me souvenais tout à coup d'avoir cherché à capter son regard, mais ses yeux étaient rivés sur le carnet posé sur ses genoux.

Je ne l'avais plus vue jusqu'à ce jour où, à Patmos, je l'avais aperçue qui s'éloignait au bras de Veraghen. J'avais éprouvé de la commisération pour ce vieil homme qui multipliait les liaisons incestueuses avec elle aussi bien qu'avec Rosa Berelowicz.

Je me suis persuadé que jamais je n'avais ressenti le désir de l'imiter. Et j'ai voulu croire que ce qui venait de se produire, ce soir-là, relevait de la grâce.

C'était un acte d'amour, non pas celui que suscite le désir foudroyant chez un homme et une femme, mais l'élan de deux humains qui se reconnaissent, qui ont besoin de se rassurer l'un contre l'autre parce qu'ils appartiennent à la même espèce, qu'entre les humains il n'est pas que le désir charnel ou la haine carnivore, mais aussi l'amour, parcelle et reflet de l'Amour divin.

Cet amour-là, j'avais donc eu la grâce de le connaître. Alors que depuis la mort de Marie je survivais dans le remords et le mépris de moi-même, la fusion d'un bref instant avec Claudia m'a rassuré. Les écailles – pour emprunter l'image aux textes sacrés – étaient tombées de mes yeux et je me suis souvenu de tous les versets qui l'évoquaient dans les Évangiles, et jusque dans l'Apocalypse de Jean ou les écrits de saint Bernard.

J'ai retrouvé cette lettre de saint Paul aux Galates dans laquelle il énumère les signes du passage de l'Esprit saint : « Amour, joie, paix, patience, tendresse, bienveillance, confiance, douceur, maîtrise des émotions... »

Il m'a semblé que j'étais peut-être libéré de ce sentiment de culpabilité morbide qui m'étouffait.

Mon destin n'était pas achevé. Le corps de Marie ne devait pas être ma pierre tombale. Celui de Claudia Romano m'appelait à la vie.

J'ai cru que je pouvais continuer à vivre, dire l'amour humain, l'élan d'un être vers un autre.

Peut-être était-ce l'heure de ma résurrection ?

24

J'ai revu Claudia Romano et mon cœur a obstrué ma gorge, ses battements ont résonné dans ma tête, j'ai senti le sang affluer à mes joues.

Je n'ai pas voulu admettre aussitôt que je n'avais été qu'un vieil homme que trouble le corps d'une jeune femme. Avec l'habileté et l'hypocrisie d'un roué, j'avais dissimulé mon désir, ma vanité en évoquant la grâce, l'Esprit saint, la résurrection.

Allons donc !

Je ne m'en suis pas moins approché de Claudia, mais elle a détourné la tête, s'est mise à rire avec l'insolence et l'indifférence cristallines de la jeunesse. Elle a embrassé Wessermann et Boyon, Moralès et Natakis, elle a rejoint Rosa Berelowicz et Louis Veraghen, et elle a même osé prendre le bras de ce dernier, ce barbon que ne dérangeait pas le sens du ridicule.

Quant à moi, je l'avais.

Mes illusions se sont dissipées comme l'arc-en-ciel par jour de grand orage, quand après l'éclaircie reviennent les ténèbres et que la nuit obscurcit le plein midi.

Je suis rentré à la bergerie. Personne ne s'est soucié de moi. L'angoisse et la honte m'ont envahi. J'avais usé de tous les stratagèmes pour trahir Marie, tenter d'échapper à ma culpabilité ; j'avais oublié que celui qui s'avance vers l'autre, poussé par le désir ou, comme je l'avais cru, par l'élan de l'amour, n'embrasse que le vide, car la vie se dérobe, la mort l'entraîne, et même si l'on a succombé, joui dans le grand incendie de la chair, on se retrouve toujours seul.

Et il faut alors affronter le regard fixe et blanc de Marie, ma fille morte.

Je n'ai pu échapper à cette confrontation.

Puis je me suis enfui pour me terrer dans la bibliothèque du monastère Haghios Ioannis Théologos.

Là, j'ai chevauché des jours durant aux côtés de Joachim de Flore, ce fils de notaire calabrais qui, au milieu du XIIe siècle, vêtu de beaux atours, s'en était allé servir comme page à la cour du roi Roger II de Sicile.

Élancé, maniant l'épée avec l'agilité d'un danseur, chaque fois qu'il bondissait ses longues boucles blondes auréolaient son visage. Il séduisait. Grisé par le vin, les parfums, il aimait le foisonnement de la soie, la douceur d'un regard de femme quand il se posait sur lui, s'y attardait, sollicitait qu'il présentât son bras pour entraîner la jeune enamourée dans la danse. Il priait à la manière des courtisans, ceux dont le sang bout de certitudes et de désir.

Puis le roi Roger l'a chargé de se rendre à Constantinople pour transmettre à l'empereur byzantin un message du souverain de Sicile.

Et ce fut enivrant pour Joachim de Flore et son compagnon de voyage, un sage ermite, André, que de traverser l'Europe, de chevaucher par les forêts, le long des fleuves, de découvrir aussi ces foules de mendiants, cette multitude de pauvres aux corps déformés, souvent aveugles, tous tendant la main pour recevoir l'aumône tout en serrant dans l'autre un bâton noueux lourd comme un gourdin.

Les prières quotidiennes furent alors récitées par Joachim de Flore d'une voix chaque jour plus sourde, comme voilée.

Quand enfin ils atteignirent Constantinople, une brume noirâtre recouvrait la ville, pareille à l'exhalaison d'un immense corps en décomposition.

Ils franchirent les remparts et l'odeur de chairs pourries les saisit à la gorge. Constantinople n'était plus qu'un charnier. La peste avait fauché à grands coups mendiants et ministres, débauchés et hommes sages, nouveau-nés et femmes, chevaliers vigoureux et vieillards déjà au bord de la tombe. Elle avait fait s'enlacer les corps noircis dont les organes gonflés crevaient comme des outres à la chaleur. Les cadavres gisaient dans les rues, à l'entrée des maisons ; certains étaient penchés à leur fenêtre comme si la mort les avait frappés au moment où ils avaient voulu fuir, prêts à s'élancer et à se tuer pour cesser d'agoniser.

Joachim de Flore s'était immobilisé devant le palais impérial de cette ville somptueuse qui n'était plus qu'une fosse commune où le fléau avait jeté une grande partie de la population.

Le beau jeune homme blond, le page du roi de Sicile découvrait tout à coup que la vie n'était pas une fête, mais un abîme dont on essayait d'oublier qu'il s'ouvrait au bout de la route, quoi qu'on fît. On pouvait tout au plus tenter de s'agripper, fermer les yeux, mais l'effroi enfonçait ses griffes dans le corps, la panique faisait lâcher prise et il ne restait plus qu'à hurler ou à prier Dieu pour qu'Il vous entende.

Joachim était confronté au charnier comme j'avais été face à Marie martyrisée, morte.

Mais il était d'une autre trempe. Il était déterminé, alors que j'étais écartelé entre la raison et la foi, le doute et la croyance.

Il avait déchiré ses vêtements de cour, jeté ses armes de chevalier, ôté ses chaussures et revêtu un habit de bure. Il avait demandé à André de couper les boucles blondes qui lui tombaient sur les épaules. Elles avaient été la parure et le blason de sa vie de courtisan et de séducteur.

Fini, cela !

Il avait été, sous les remparts de Constantinople, un jeune gentilhomme italien avide de plaisirs, orgueilleux de sa beauté, de son rang, de son destin. Il n'était plus qu'un mendiant en haillons, aux cheveux ras, décidé à se rendre en pèlerinage à Jérusalem sur le tombeau de

Celui qui avait choisi de mourir comme un homme, par le supplice de la croix, afin qu'on sache que Dieu peut vaincre la mort et offre aux mortels la résurrection.

Joachim de Flore incarnait ainsi l'Apocalypse et l'Espérance, et n'était-ce pas cette dualité que je voulais précisément exprimer ?

Mais j'avais été aveuglé par un corps de jeune femme, cet élan de l'amour, cet arc-en-ciel, et j'avais oublié que la mort n'est vaincue que par Jésus, homme, fils de Dieu et Dieu.

Je n'ai pas eu le courage de quitter Patmos, de devenir l'un de ces pèlerins qui s'en vont à la rencontre de la misère du monde pour expier leur avidité, tenter d'apporter leur aide et leur compassion à des peuples affamés déjà jetés au fond de l'abîme.

Dans la solitude de la bibliothèque du monastère, je me suis borné à continuer de suivre Joachim de Flore.

J'ai traversé avec lui des déserts.

La chaleur brûlait les chairs, la soif gonflait la langue qui se transformait en boule râpeuse obstruant la gorge. Joachim étouffait. Parfois, il s'enterrait à demi dans le sable pour y trouver un peu de fraîcheur.

Il atteignit ainsi les confins de la Syrie et entraîna son compagnon dans les lieux les plus reculés, là où se tiennent des ermites qui vivent dans l'abstinence, le jeûne et la pénitence. Et il fut tenté de rester auprès d'eux, dont la vie se desséchait dans la prière et la communion.

Joachim les a longuement observés. Leur isolement, leur ascétisme n'étaient pas refus du monde, mais volonté de s'enfoncer dans le mystère de la vie pour atteindre au cœur des choses sans être distrait par les vaines querelles qui retiennent l'attention des hommes.

Ici, au désert, pas de lutte pour l'accumulation des richesses et la conquête du pouvoir, mais le dépouillement et l'acuité de la pensée, la méditation sur les textes, les enseignements de Dieu.

Pour Joachim de Flore, c'étaient des hommes semblables à saint Jean l'Évangéliste qui avait dicté, dans la grotte de Patmos, l'Apocalypse.

Quittant le monastère Haghios Ioannis Théologos, je m'arrêtais devant l'entrée de la grotte. J'imaginais Jean dictant à Prochoros, puis regagnais ma bergerie et restais seul dans la pénombre, méditant ce que j'avais lu, impatient de connaître la suite du destin de Joachim de Flore.

Je le retrouvais le lendemain matin.

Il traversait le désert, s'enfonçait dans la vallée du Jourdain. Enfin, alors que l'épuisement ralentissait sa marche, il découvre Jérusalem la Sainte.

Il trouve la force de courir, pèlerin éperdu, jusqu'au Saint-Sépulcre. Il s'agenouille en chacun des lieux où le Christ a prêché, vécu, souffert. Ici, Jésus a été fouetté. Là, il a été écrasé sous le poids de la Croix. Là encore, sur cette colline du Golgotha, on l'y a cloué comme un brigand tandis qu'au pied de la Croix Jean se tenait auprès de Marie.

Joachim de Flore voit et touche ces pierres, ce sol, ce mur contre lequel le Christ s'est appuyé.

Il entre dans le jardin des Oliviers, caresse du bout des doigts l'écorce des arbres dont le feuillage frissonne comme dans la nuit de la trahison de Judas. Dans l'église du Saint-Sépulcre, il est enveloppé par une lueur aveuglante cependant qu'un ange lui ceint les reins.

Joachim a compris d'emblée que Dieu lui ordonne de se vouer à la chasteté. Car l'homme, qui commence sa vie par la chair, dans la chair, doit s'élever jusqu'à l'Esprit, dernier âge de l'histoire du monde, quand les vérités seront révélées.

On atteindra ainsi le septième âge de l'Humanité.

Et ce sera le temps de la Résurrection.

Sans la résurrection, il n'y a pas d'amour, seulement l'illusion qui conduit à l'abîme, puisque l'être aimé est voué à l'éternelle disparition.

La femme que l'on veut enlacer, le frère que l'on désire embrasser deviennent, au moment où on leur ouvre les bras, deux tas de poussière.

Toute vie sans résurrection n'est que lèpre, corps voué à la peste.

Si je ne veux pas désespérer, il faut que Marie, ma décharnée, ma victime, soit un jour ressuscitée.

Espérance !

Je prie.

Je voudrais que me pénètre la certitude de la résurrection de Marie, qu'ainsi la blessure toujours ouverte de sa mort – mon apocalypse – soit guérie par l'Espérance en la bonté de Dieu qui rappellera à la vie les corps engloutis.

Je m'imagine apaisé, mais Joachim de Flore l'était-il, lui qui, rentré en Italie, parcourant les forêts de Calabre, y devient ermite, puis s'enferme dans l'impérieuse règle monastique qui martyrise le corps, plie et exalte l'âme ?

Il prêche, annonce la fin des temps, l'Apocalypse. Et je relis après lui le chapitre XX dicté par Jean, ici, dans la grotte de Patmos, à quelques centaines de pas de cette bergerie qui est devenue mon ermitage, mon lieu de prière et de souffrance, d'espérance et de doute.

Je scande les versets, je veux que la rumeur des mots étouffe ma pensée, ensevelisse mes doutes.

« J'ai vu un grand trône blanc... Et j'ai vu les morts grands et petits se tenir devant le trône, et on a ouvert des livres. On a aussi ouvert un autre livre, celui de la vie. Et on a jugé les morts selon leurs œuvres d'après ce qui a été écrit dans les livres.

« Si quelqu'un n'était pas trouvé inscrit dans le Livre de la vie, on le jetait dans l'étang de feu. »

25

Tout à coup, je cesse de prier. Je blasphème ! Est-ce ma raison qui me pousse ainsi à m'insurger, à refuser d'imaginer que Marie, ma fille, bourreau de son corps décharné, ait pu être jetée dans l'étang de l'ardent feu de soufre ?

Où es-Tu, Dieu de compassion, de pardon, de justice et de paix ? Si j'en crois l'Apocalypse de saint Jean, l'un de Tes anges crie à pleine voix à tous les oiseaux qui volent au zénith :

« Ici rassemblez-vous pour le grand repas de Dieu, pour manger des chairs de rois, des chairs de chefs, des chairs de forts, des chairs de chevaux et de cavaliers, des chairs de tous les hommes ou esclaves, petits ou grands... !

« Et ils les ont rassemblés en un lieu appelé Armageddon... »

On a alors vu « la Bête et les rois de la terre et leurs armées rassemblées pour combattre celui qui est sur le cheval et son armée.

« Et celui qui est sur le cheval, dont l'épée sort de la bouche, a tué la Bête, les faux prophètes et les rois de la terre.

« Et tous les oiseaux ont été rassasiés de leurs chairs. »

Où es-Tu, Dieu d'amour ?

Ce matin-là, quittant ma bergerie, marchant à grands pas sous les oliviers alors que le vent soufflait en tempête et que la mer striée de courts traits blancs était d'un bleu noir, j'ai maudit ces croyances, cette religion anthropophage, ce Dieu guerrier dont l'épée sort de la bouche.

Je ne marque aucun arrêt devant la grotte de l'Apocalypse, je ne jette pas un seul regard sur le groupe de visiteurs qui, serrés comme un essaim, attendent que commence la visite.

Je gagne le sommet de la colline, y retrouve les crevasses dans lesquelles je me glisse. J'y suis à l'abri du vent, mais il hurle, se faufile dans les anfractuosités, mugissement auquel se mêlent des rires juvéniles. Je crois reconnaître les voix de Claudia Romano, de Rosa Berelowicz, et, leur répondant, celles de Vincent Boyon et de Vangelis Natakis. J'hésite, puis m'extrais de ces cavités rugueuses et, lorsqu'ils me voient, les deux couples s'immobilisent, figés dans leur étreinte.

Claudia Romano repousse vivement Vincent Boyon alors que Rosa Berelowicz se serre plus fort contre Vangelis Natakis.

Je me sens apaisé, rassuré. Le jaillissement de la vie, le désir sont plus forts que les versets de l'Apocalypse. Le désir est résurrection. Quand le désir disparaît, c'est la mort qui vient.

J'ouvre les bras, comme si j'invitais les quatre jeunes gens à partager avec moi leurs élans, leurs désirs. Si j'osais, si ce n'était pas là un geste ridicule, je les bénirais comme un païen et leur lancerais ces mots sacrilèges : « Laissez-vous emporter par le désir ! Que rien ne refrène vos ardeurs ! »

Puis j'ai tourné la tête, me suis éloigné, et à chaque pas je me suis rapproché de Marie.

J'étais à nouveau coupable d'abandon et j'ai pensé à la mort un instant repoussée, tout à coup présente, abîme sans fond qui s'ouvre sous les pas insouciants du vivant, abîme que seule la résurrection peut combler, elle qui seule fera resurgir la vie de cette fosse.

Mais il faudrait croire, prier.

Et j'avais blasphémé.

Je suis passé devant l'entrée de la grotte de l'Apocalypse.

Le vent avait cessé de souffler.

Dans le silence revenu, j'ai entendu le chant des oiseaux.

Et je me suis souvenu du Poverello.

26

Ce *poverello*, ce petit pauvre, au corps malingre torturé par la maladie, je me suis tourné vers lui dès que j'ai eu regagné la bergerie.

J'étais encore une fois écartelé, rongé par le doute ; j'avais soif de foi, je voulais m'emplir de croyance, ajouter l'espérance à l'apocalypse, vivre et croire à la résurrection. J'ai rouvert fébrilement les œuvres de François d'Assise, mis mes pas dans les siens. Comme Joachim de Flore, son aîné de près de cinq décennies – peut-être s'étaient-ils rencontrés ? –, il avait renoncé à la richesse, à la gloire, à la puissance et au désir.

Je le revois jetant les vêtements de belle et noble étoffe, taillés dans la soie et le velours, que son père, marchand d'Assise, lui a fait confectionner. François se dépouille de toutes ses parures. Le voici nu, chétif, mais les yeux exprimant la joie d'avoir renoncé, de ne plus être qu'un mendiant dont la seule tunique, de laine grossière, est serrée à la taille par une corde, et dont les pieds sont nus.

Il a choisi la chasteté, le jeûne. Il ne vit que d'aumône. Des hommes et des femmes le rejoignent, constituent l'ordre des Frères mineurs et celui des Clarisses.

Je le suis comme tous ces jeunes gens qui font vœu de pauvreté, qui chantent la vie dans l'extrême misère. Ils osent s'approcher des lépreux. Ils reconstruisent des églises abandonnées. Ils parlent aux oiseaux parce que tout ce qui existe est à leurs yeux œuvre de Dieu et doit être évangélisé.

J'écoute saint François, sa voix chargée de compassion m'émeut :

« Aimons le Seigneur qui nous a donné, nous donne à tous le corps, l'âme et la vie. Il nous a créés et rachetés. Il nous sauvera par Sa seule tendresse, malgré nos faiblesses et nos misères, nos gâchis et nos hontes, nos ingratitudes et nos méfaits. Il ne nous a fait et ne nous fait que du bien. »

En l'entendant, en reprenant ses mots, j'en viens à oublier le Dieu guerrier dont le sabre sort de la bouche.

C'est l'an 1219. En France, certains hurlent en pénétrant à cheval dans les églises, en massacrant ceux qu'ils appellent les albigeois et condamnent comme hérétiques : « Tuez-les tous ! Dieu reconnaîtra les siens ! » En Terre sainte, François d'Assise demande à rencontrer le sultan d'Égypte, Malek el-Kamil, chef de l'armée ennemie, impitoyable et cruel infidèle. Il sait, en raison, qu'il est promis à la mort :

« Passerais-je un ravin de ténèbres, je ne crains aucun mal, car Tu es avec moi. »

Dieu l'envoie comme un « agneau au milieu des loups ».

Mais le loup est aussi pour François une créature de Dieu :

« Notre Seigneur, dont nous devons suivre les tracas, a appelé ami celui qui le trahissait. Ils sont donc nos amis, ceux qui nous enfoncent dans l'angoisse. Ils sont nos amis, ceux qui nous traînent dans la boue. Ils sont nos amis, ceux qui nous font subir mille douleurs et mille tourments, ceux qui nous torturent et nous font mourir. Nous devons les aimer beaucoup. Par les souffrances qu'ils nous infligent, ils nous rendent aptes à la vie éternelle. »

Les heures et les jours se sont écoulés. La voix de saint François est une eau vive et claire, elle est le chant du monde.

Elle me donne le désir de m'unir à tout ce qui vit.

Je quitte la bergerie : paix bleue du ciel, vert pâle et feutré du feuillage des oliviers. Les lauriers roses et blancs forment une haie parfumée.

C'est le *Cantique des créatures.* Saint François écrit :

« Loué sois-Tu, mon Seigneur, avec toutes Tes créatures, spécialement messire frère Soleil. Il est le jour, et par lui Tu nous illumines.

« Il est beau et rayonnant. Avec une grande splendeur, de Toi, Très-Haut, il est le symbole. »

L'air est léger. Je me sens porté par cette communion entre Dieu et le monde.

« Loué sois-Tu, mon Seigneur, pour sœur Lune et les étoiles,

« Pour l'air et les nuages et le ciel serein,

« Pour sœur Eau, qui est très utile et très humble,

« Pour frère Feu, par lequel Tu illumines la nuit,

« Pour sœur notre mère la Terre ;

« Loué sois-Tu, mon Seigneur,

« Pour ceux qui pardonnent par amour pour Toi et supportent maladie et tribulations.

« Heureux ceux qui les supportent en paix, car par Toi, Très-Haut, ils seront couronnés. »

Et pourtant je sais que François d'Assise, le croyant qui chante la Création, pleure tant, chaque jour, que ses yeux en sont malades, qu'il faut, dans l'espoir de lui éviter de n'être plus qu'un des innombrables mendiants aveugles, lui brûler les tempes, puisque c'est ainsi qu'on croit pouvoir le guérir.

Je sais qu'il jeûne un jour sur deux et que sa maigreur est telle que sa peau, tendue sur les os, semble un tissu fragile sur le point de se déchirer.

Je sais que, pour tuer en lui toute tentation, il se fouette chaque jour jusqu'à n'être plus qu'un corps pantelant, si faible qu'il est seulement capable de prier et n'a plus la force de prêcher.

Alors reviennent me hanter le regard vide de Marie, son corps décharné.

Jeûner, se fouetter, réprimer tout désir autre que celui de prier, de louer le Seigneur, n'est-ce pas aller à grands pas vers la mort, l'attirer, devancer son appel ?

Je songe à Marie tranchant ses veines pour que s'écoule le sang qui est vie.

Pourquoi le corps et l'âme de l'homme ne pourraient-ils pas être chantés comme ceux des autres créatures, comme le soleil et les oiseaux, l'eau et les poissons, la sœur Lune et le frère Vent ?

Je rentre, m'assieds à ma grande table. Le regard de Marie me fore la tête.

Je lis les dernières pages des œuvres de saint François :

« Détournons-nous de notre corps avec ses vices et ses péchés. Notre corps, par un comportement égoïste et sensuel, veut nous retirer l'amour de Notre Seigneur Jésus-Christ et la vie éternelle. »

Serait-ce donc hérésie que d'aimer son corps ? que de préférer la vie à la mort ?

Mais c'est la mort qui nous emporte, et seule la résurrection est à même de nous arracher à ses griffes.

François écrit :

« Loué sois-Tu, mon Seigneur, pour notre sœur la Mort corporelle,

« À qui nul vivant ne peut échapper.

« Malheur à ceux qui meurent en péché mortel !

« Bienheureux ceux qui se trouveront dans Tes très saintes volontés,

« Car la seconde mort ne leur fera point de mal.

« Mais les autres, les pécheurs, seront jetés dans l'étang de soufre et de feu. »

27

Les yeux me brûlent.

La nuit s'est immiscée dans la pièce et me noie. Je ne peux plus lire. J'ai l'impression d'être recouvert par une eau croupie qui m'aveugle.

J'écrase mes paumes contre mes paupières. Les larmes qui en coulent jusque sur mes joues sont des gouttes de soufre ardent.

Je referme le livre qui se clôt sur le testament de saint François d'Assise.

Ce Poverello a osé se mettre nu devant les hommes, avouer ses faiblesses, vivre d'aumône. Il m'a ému. J'ai célébré avec lui la beauté de la Création. J'ai écouté son chant, sa prédication. Je l'ai entendu parler aux plus humbles des hommes et aux plus chétifs des oiseaux.

Et maintenant, quoi ?

François d'Assise m'a conduit là, au bord de cet étang de feu. Comme tous les autres prêcheurs, il ne parle plus d'amour, mais de souffrance et de mort.

Mais quel fidèle du Christ pourrait emprunter un autre chemin que celui du Calvaire qui mène à la Crucifixion ?

Dieu fait homme est mort, comme Marie, ma fille.

Il est ressuscité ! Gloire à Dieu ! Mais elle, ma malheureuse décharnée, où est-elle ?

On a livré son corps aux flammes. Je n'ai pas voulu assister à son incinération.

Alors, résurrection ?

Dans cette nuit qui me recouvre, le doute m'étouffe et me noie.

Je me lève en prenant appui sur le rebord de ma longue table.

J'effleure les livres entassés, ceux que Monseigneur Skiathos m'a prêtés et ceux dont les auteurs ne me quittent jamais. Je les ai suivis depuis l'adolescence. Leurs pas sont devenus les miens. Je connais chacun de leurs mots. Ils éclairent la nuit, mais eux aussi – toi, Dante, toi, Dostoïevski, et ceux qui vous ont inspirés, Eschyle, Sophocle – attisent le brasier du châtiment et de la culpabilité.

Je quitte la bergerie.

Il fait froid et mes larmes redoublent, brûlantes.

J'arpente le cimetière attenant à la maison. Je me heurte aux pierres tombales. Je me souviens de ces mots de feu :

Per me si va nella città dolente
Per me si va nell'eterno dolore

Per me si va tra la perduta gente
Lasciate ogni speranza voi ch'entrate…

Les mots de Dante me viennent en désordre. Je m'agrippe à la tunique bleue du poète.

C'est Virgile qui nous guide, et nous traversons les cercles de l'Enfer.

Là, dans la fosse, les pécheurs sont enlisés dans leurs excréments.

Ils sont la proie d'un fleuve de sang bouillant.

Ceux qui tentent d'émerger, qui luttent pour échapper aux excréments et aux flammes, sont blessés par les flèches que décochent des centaures qui les contraignent à s'enfoncer davantage dans la souffrance et l'horreur.

Parmi ces pécheurs, il y a les violents qui ont exercé leur furie contre eux-mêmes : les suicidés.

Marie, ma décharnée, ma fille abandonnée, est parmi eux, vouée par Dante aux souffrances éternelles.

Que puis-je maintenant pour elle et pour moi, son assassin ? Prier ? Supplier ?

Je me laisse tomber sur le bord d'une sépulture. Le froid me tranche la nuque alors que mon âme est en feu.

Je voudrais être l'un de ces flagellants qui s'en allaient de ville en ville, annonçant la fin des temps, écoutant la prédication de celui qu'ils avaient choisi pour Maître et pour Père.

Ils croyaient à la prophétie de Joachim de Flore clamant le règne imminent de l'Évangile éternel : le nouvel âge devait commencer en 1260.

Il serait précédé de signes, de persécutions, de massacres. Dans l'attente du royaume de Dieu, il fallait se punir, souffrir.

Les flagellants se frappent le dos, le torse. Ils se fouettent avec tant de fureur que leur peau se déchire, leur corps n'est plus qu'une plaie.

Ils partagent les souffrances du Christ, dont le corps a été ensanglanté par le fouet des légionnaires du procurateur Pilate.

Ils traversent des contrées ravagées par la peste et la famine. Les morts sont aussi nombreux que les arbres déracinés par la tempête.

Ils croient que la fin des temps est proche et leurs coups se font plus rageurs. Ils se frappent entre eux deux fois par jour. La nuit, ils se châtient seuls, espérant qu'au terme de ce sanglant pèlerinage un jour nouveau se lèvera sur un monde purifié.

Je les entends qui crient, qui prient, puis s'éloignent.

Dieu, pourquoi faut-il traverser les cercles de l'Enfer avant d'atteindre le Paradis ?

Me sera-t-il donné de connaître la *Vita Nova* ?

28

J'ai cru qu'elle commençait cette nuit-là, ma *Vita Nova*.

J'ai d'abord entendu un bruit de pas. On marchait sur l'aire devant la bergerie, le gravier crissait.

Puis on a rompu le silence nocturne en frappant avec insistance à ma porte.

Je me suis mis à espérer, à imaginer que celle que j'avais étreinte était revenue.

On était au mitan de la nuit.

Je me suis dressé, aux aguets. Je me suis souvenu du vers de Dante :

Nel mezzo del cammin di nostra vita…

J'ai pensé à son amour pour Béatrice. Il l'avait célébré dans la *Vita Nova*, ce livre que j'ai si souvent lu et relu, ému par la douleur du poète et le *dolce stil novo*.

J'étais, comme Dante, « au milieu du chemin de ma vie », et j'avais moi aussi le deuil au cœur.

Béatrice, son amour d'enfance, était morte. Mon enfant, ma fille, ma maigre, ma décharnée Marie, elle aussi s'en était allée.

Tout à coup, j'ai reconnu la voix de Claudia Romano, douce et obstinée, inquiète et bienveillante :

« Paul, vous êtes là ? Paul, ouvrez-moi ! »

Elle a ajouté, plus bas :

« Paul, c'est Claudia. »

J'ai oublié les flagellants, leurs cris de douleur suraigus et exaltés. J'ai quitté les cercles de l'Enfer, n'ai plus vu le fleuve de sang bouillant, n'ai plus pensé à la mort de Béatrice ni à celle de Marie.

Dante avait survécu à la perte de son amour. Il avait élevé ce monument de passion. Béatrice était devenue le reflet de la perfection divine, la preuve de l'ordre providentiel qui régit le monde.

Ayant écrit la *Vita Nova* et *La Divine Comédie*, il avait ressuscité Béatrice et conquis l'immortalité.

Il était au pouvoir d'un homme de transformer la mort en vie : il suffisait d'aimer au-delà de toute raison.

« Paul, répondez-moi ! Je sais que vous êtes là. Je n'aime pas vous savoir seul. Je veux vous voir. »

Je suis sorti de l'enclos du cimetière.

Je ne pensais plus, j'agissais.

J'ai fait le tour de la bergerie. Froide et blanche, la lumière de la lune dessinait le contour de chaque chose, transformant le paysage en un décor figé, pris dans les glaces.

La silhouette de Claudia Romano se découpait sur la façade comme si mon regard l'y avait immobilisée.

J'ai craint que tout cela ne soit un mirage qu'un seul de mes pas, de mes gestes allait effacer, réduire en poussière.

Je me suis arrêté.

Je ne discernais pas le visage de Claudia.

Alors ses bras se sont levés lentement, tendus vers moi, et j'ai couru vers elle pour devancer, prévenir l'anéantissement du rêve, l'irruption du réel dans ce qui ne pouvait être qu'illusion.

Elle était enfin contre moi, reprenant la place qu'elle avait creusée dans mon corps lors de notre première et chaste étreinte.

Nos peaux se reconnaissaient. Nous sommes restés serrés l'un contre l'autre, nos mémoires soudées, nos lèvres jointes. Nos âmes n'étaient plus que chairs désirantes.

Après, il y eut le langage instinctif des corps qui se découvrent et s'unissent.

Ce n'est qu'à l'aube, quand la lumière blafarde et glacée laisse place à une brise dorée, que nous avons prononcé quelques mots.

« Reste, ai-je dit. Tu es la vie. »

Elle se rhabillait à l'autre bout de la pièce, si loin du lit où je me trouvais.

« Il faut que je parte », a-t-elle répondu.

29

Claudia m'a laissé seul avec Marie, mais je n'ai éprouvé ni remords ni gêne quand j'ai osé dévisager ma fille.

J'ai vu ses pommettes saillantes, ses joues creusées, son cou décharné, ses yeux vides comme s'il s'agissait de ceux d'une inconnue, d'une de ces femmes que l'on voit sur le trottoir des villes, enveloppées de hardes, tendant la main, le regard suppliant. Souvent, agenouillées, elles bredouillent qu'elles ont faim et froid. Elles miment la *Pietà,* un enfant serré contre leur poitrine. Mais on passe près d'elles sans les entendre. On les voit sans les voir.

J'ai tourné le dos à Marie, j'ai tiré la couverture sur ma tête et me suis pelotonné dans la joie et l'égoïsme de ma chair apaisée.

Cela faisait des années que je n'avais plus éprouvé une telle sensation de quiétude, d'indifférence paisible à tout ce qui n'était pas le souvenir de mon désir et de ma jouissance.

J'étais dénoué. Les liens qui m'entravaient, le garrot qui me serrait la gorge avaient été tranchés.

Je respirais. Chaque parcelle de mon corps était libre. Qu'était devenue mon âme ? Ma chair n'était plus percée, déchirée par les stigmates de l'infamie et de la culpabilité.

Mon corps était devenu une citadelle où le désir et le plaisir avaient effacé Marie.

Avait-elle d'ailleurs jamais vécu ?

J'étais aussi léger, agile qu'un adolescent qui s'élance et court sur la plage, les pieds dans l'écume, alors que l'aube se lève après sa première nuit avec une femme.

Je confesse ce bonheur de la chair qui me rendait à l'innocence. Si j'avais conclu ainsi un pacte avec le Diable, je ne le reniais pas.

Après une longue abstinence, j'avais éprouvé à nouveau ce qu'était la vie : action, force, rugissement.

Je m'en souvenais avec l'orgueil du mâle : j'avais serré le poing, bras tendu, j'avais poussé un cri instinctif quand j'avais senti sous moi Claudia se cambrer, geindre, haleter, ma jouissance s'étant accordée à la sienne.

Un instant, nos deux corps unis avaient réalisé l'unité du monde. Vivre, c'était d'abord s'accoupler, posséder une femme avec la violence de l'égorgeur qui sacrifie un agneau.

Vivre, était-ce donc accepter d'être aussi une bête ?

Mais macérer dans la culpabilité du péché originel revenait à refuser l'élan vital, à faire de la vie ce calvaire au terme duquel il y avait, dressée, la croix du supplice.

J'avoue ici sans honte ce que j'ai pensé dans les heures qui ont suivi ma nuit partagée avec Claudia.

J'ai refermé le livre de l'Apocalypse de Jean et l'*Évangile éternel* de Joachim de Flore.

Je me suis séparé de saint François, dont le corps n'était que maladie et souffrance, qui avait la peau crevée par les clous et la lance de la Crucifixion.

J'ai condamné les disciples du Poverello qui martyrisaient leur corps au lieu d'en jouir.

À moins qu'ils n'aient trouvé la joie dans et par la douleur ?

Leur vie n'était qu'un long chemin vers la mort dans l'espoir de la résurrection.

Était-ce cela, célébrer la beauté et l'harmonie du monde, ou, au contraire, être aveuglé par le Diable ?

D'eux ou de moi, qui était fidèle à Dieu ?

Dans l'aube naissante, il m'a semblé que je n'avais plus besoin de la résurrection.

C'était sur cette terre, dans cette vie, avec tout mon corps, mon unique bien, que je devais chercher la paix de mon âme.

C'était ici-bas, et non dans leurs songes, que les hommes devaient instaurer un royaume de justice et d'égalité.

C'est alors que je me suis souvenu de Thomas Münzer, le révolté, l'hérétique.

Il avait inspiré la guerre qu'en 1525 les paysans avaient menée contre leurs princes. Ils avaient été vaincus et Münzer avait été torturé, puis décapité.

« À Mühlhausen, petite ville de Thuringe, raconte un témoin, sur l'emplacement où fut empalée sa tête, on dit que les pas des visiteurs, habitants de la ville et étrangers sans aveu, ont si fréquemment foulé le sol du sentier qu'on croirait presque une route publique, et si les magistrats n'y mettaient bon ordre, on en viendrait sans doute à vénérer Thomas Münzer comme un saint. »

30

Thomas Münzer avait été ordonné prêtre, puis, devenu disciple de Luther, il devint pasteur et se maria.

Râblé, la tête carrée, les mains épaisses, il avait la démarche pesante d'un homme de la terre habitué à suivre les sillons. Son éloquence était celle d'un prophète. Il accusait, menaçait.

Il était né en 1490 à Stolberg, au nord de Weimar, capitale de la Thuringe. Ses parents étaient de pauvres gens. Il avait connu la misère, l'injustice, mais aussi la honte et l'amertume qui lui font escorte. Son père avait été pendu à la potence seigneuriale, peut-être pour une injure, un regard insolent, un geste de rébellion.

Quand Thomas prêche, il se souvient qu'il est le fils d'un pendu.

Il interpelle les nobles princes, les comtes qui interdisent qu'on assiste à ses sermons porteurs de révolte.

« Vois-tu, pauvre misérable sac d'asticots, lance-t-il au comte de Stolberg, qui t'a fait prince de ce peuple que Dieu a payé de son sang ?... Si tu n'acceptes pas de t'humilier devant les petits, sache que nous avons un ordre immédiatement exécutoire, je te le dis : le Dieu éternel et vivant a promis que nous t'arracherions de ton siège avec tout le pouvoir qui nous a été confié. Car tu es inutile à la chrétienté, tu es un fléau pernicieux pour les amis de Dieu, ton nid doit être détruit, réduit en miettes ! »

En Thuringe, en Souabe, en Franconie, en Alsace et en Franche-Comté, paysans, tisserands, mineurs s'étaient rassemblés autour de lui, armés de faux, de coutelas, de fourches, de bâtons et aussi d'arquebuses.

Ils étaient près de quarante mille et priaient, chantaient des psaumes, brûlaient récoltes et châteaux, pillaient les couvents.

Ils voulaient le règne de Dieu sur terre. Tout au long de l'année 1524, ils avaient vu des signes annonçant la fin des temps d'injustice.

Thomas Münzer avait lu l'*Évangile éternel* de Joachim de Flore. Il croyait aux âges du monde. L'année 1525 devait être celle de la purification. Plus de mille châteaux furent alors incendiés.

Luther, qui avait rencontré Münzer et l'avait soutenu, se dressait à présent contre lui, prêchant la soumission à l'autorité :

« Jésus Christ lui-même attaché à la Croix, que fait-il ? Ne prie-t-il pas pour ses persécuteurs ? ne dit-il pas : "Ô mon Père, pardonnez-leur, car ils ne savent pas ce qu'ils font..." ? Moi, Luther, je n'ai point tiré l'épée, je n'ai point fait de révolte, j'ai toujours prêché l'obéissance à l'autorité, même à celle qui me persécutait. Je me reposais toujours sur Dieu, je remettais tout entre Ses mains. Vous, vous profanez le nom du Christ et de sa sainte Loi. Quelque justes que puissent être vos demandes, il ne convient pas au chrétien de combattre ni d'employer la violence : nous devons souffrir l'injustice, telle est notre loi ! »

Depuis la mort de Marie, j'avais oublié Münzer et rallié le camp de Luther. La vie était souffrance, j'étais coupable, je marchais parmi les flagellants et j'attendais qu'on me punisse.

Et voilà qu'une seule nuit partagée avec Claudia me rappelait la révolte de Thomas Münzer, de tous ceux qui en ce monde se dressaient contre l'iniquité et acceptaient de brandir le glaive.

Quel était le camp de Dieu ?

Je me souvenais de mes premières rencontres avec Münzer. J'avais dix-sept ans. Je lisais Voltaire, Goethe, Marx, Engels et Sartre. Tous avaient évoqué la *Bauernkrieg*, cette guerre des paysans conduite par Thomas Münzer, prophète du royaume de Dieu ici-bas, sur cette terre.

Dans son *Essai sur les mœurs et l'esprit des nations*, Voltaire avait écrit :

« Luther avait réussi à faire soulever les princes, les seigneurs, les magistrats contre le pape et les évêques, Münzer souleva les paysans contre tous ceux-ci ; lui et ses disciples s'adressèrent aux habitants des campagnes... Ils développèrent cette idée dangereuse qui est dans tous les cœurs, c'est que les hommes sont nés égaux et que si les papes avaient traité les princes en sujets, les seigneurs traitaient les paysans en bêtes… Münzer et ses disciples réclamaient les droits du genre humain, mais ils les soutinrent en bêtes féroces… »

Les paysans revendiquaient l'égalité. Ils contestaient le droit de propriété.

Et Thomas Münzer leur criait :

« Dieu ne peut se révéler avant longtemps, vous devez passer à l'action ! Si vous ne le faites pas, les sacrifices, les douleurs, tout aura été vain… »

Mais que pouvaient-ils, ces paysans, contre les bombardes, les cavaliers et lansquenets des princes ?

Ils ignoraient la discipline et les règles de la guerre. Ils s'élançaient, puis se débandaient et fuyaient.

Ils furent cent mille à être abattus, sabrés, écrasés sous les boulets, et par centaines ils furent pendus, par milliers égorgés ou décapités.

Le corps brisé par les tortures, Thomas Münzer posa sa tête sur le billot.

« Je crois, hélas, dit-il avant de mourir, que c'était folie que de confier la défense de la liberté à des hommes qui n'ont pas la liberté intérieure… Les paysans ne méritent pas encore d'être libres. »

Les pauvres gens le seront-ils un jour, ou bien devront-ils se contenter de prier, de souffrir, d'espérer dans l'attente d'un autre monde ?

La question me taraude.

« J'ai voulu de trop grandes choses, dit encore Münzer. Mais prendre patience, un homme comme moi ne le peut pas ! »

Faut-il participer aux combats des hommes, agir et rester vivant dans leur mémoire, ou bien prier, accepter, souffrir, espérer en la seule résurrection ?

Ce matin, cependant, mon corps heureux déborde d'énergie, mon âme est confiante, belliqueuse, et je me souviens avec ardeur de Thomas Münzer.

31

Je me suis assis sur la large pierre plate à droite de l'entrée de la bergerie.

Adossé au mur que le soleil de l'aube avait déjà commencé à chauffer, je lisais les prédications de Thomas Münzer. Leur violence me fascinait :

« Qui veut combattre contre les Turcs, celui-là n'aura pas à courir au loin, il est sur place.

« À l'œuvre ! À l'œuvre ! À l'œuvre !

« Ne vous laissez pas attendrir... Les princes sont les Turcs d'ici, et Dieu veut les sarcler jusqu'à la racine ! »

J'avais besoin des grondements de cette voix pour étouffer l'inquiétude qui recommençait à m'envahir. Je craignais que l'angoisse, le désespoir ne me reprennent, que la joie d'une nuit ne se dissipe et que je ne doive m'agenouiller à nouveau, coupable sollicitant le pardon.

« À l'œuvre ! À l'œuvre ! À l'œuvre ! scandait Münzer. Frappez tant que le fer est chaud ! Ne laissez pas se refroidir le glaive, faute de sang, mais frappez à coups redoublés !... Tant que ces gens-là vivront, il sera impossible que vous soyez libérés de la crainte des hommes.

« À l'œuvre ! À l'œuvre ! À l'œuvre tant qu'il fait jour ! Dieu marche devant vous, suivez-Le !

« Tout ce qui se passe est décrit et expliqué au chapitre XXIV de l'Évangile selon saint Matthieu... »

Je me suis levé, j'ai fait quelques pas sur le chemin qui, entre les oliviers, mène au village où résidait Claudia Romano. C'est elle que j'attendais, que j'espérais.

Elle était ma seule défense. Celle qui m'avait ressuscité.

Mais, aussi loin que portait mon regard, aucune silhouette ne s'avançait entre les arbres.

Je suis rentré à la bergerie, j'ai ouvert l'Évangile selon Matthieu et j'ai lu les versets qu'avait évoqués Thomas Münzer.

Jésus montre le Temple et dit :

« Vous regardez tout cela ? Oui, je vous le dis, on ne laissera ici pierre sur pierre qui ne soit défaite... Vous allez entendre parler de guerre et de bruits de guerre.

« Attention, ne soyez pas troublés, car il faut que cela advienne, mais ce n'est pas encore la fin. Car on se lèvera nation contre nation, règne contre règne, il y aura çà et là des famines et le sol tremblera.

« Tout cela n'est que le commencement des douleurs. »

Moi, le professeur, l'exégète dont la tâche est de lire et relire, d'expliquer les textes sacrés, et d'abord les Évangiles, il me semblait découvrir pour la première fois la violence de ces versets :

« Malheur à celles qui seront enceintes et qui allaiteront en ces temps-là !

« Car il y aura alors une grande affliction telle qu'on n'en a pas connu depuis les commencements du monde jusqu'à maintenant, et telle qu'il n'y en aura plus.

« Sitôt après l'affliction de ces temps-là, le soleil s'obscurcira, la lune ne dispensera plus sa clarté, les étoiles tomberont du ciel et les puissances des cieux s'agiteront. Alors paraîtra dans le ciel le signe du Fils de l'homme… Oui, je vous le dis, cette génération ne passera pas sans que tout soit arrivé. Le ciel et la terre passeront, mais mes paroles, elles, ne passeront pas. »

Elles étaient en moi, celles de Thomas Münzer comme celles du Christ, les unes faisant écho aux autres.

Münzer disait :

« Mettez-vous en besogne, menez le combat du Seigneur, les temps sont venus ! Empêchez vos frères de mépriser le témoignage divin, sinon ils périront tous… Ne seriez-vous que trois qui s'abandonnent à Dieu, qui ne cherchent que Son nom et Son honneur, vous ne craindriez pas cent mille hommes ! »

Et c'était la guerre, la *Bauernkrieg*. Les prédications de Münzer étaient des appels aux armes. Friedrich Engels et Karl Marx en feraient le prophète de la Révolution !

Dans les Évangiles aussi – je venais de le constater en lisant celui de saint Matthieu –, on entendait les tambours de la violence annoncer la guerre !

Et je mêlais aux paroles du Christ et de Münzer les quelques mots que Claudia Romano m'avait chuchotés.

La chair, le plaisir, la guerre palpitaient dans ces textes que l'on avait tenté d'étouffer sous la mélasse douceâtre des sermons dominicaux.

Mais on ne pouvait maquiller ceux de Münzer.

« À l'œuvre ! À l'œuvre ! À l'œuvre ! Les coquins sont lâches comme des chiens ! Stimulez vos frères pour qu'ils se joignent à vous et portent leur témoignage. C'est là une chose infiniment, hautement nécessaire !

« Donné à Mühlhausen en l'an 1525,
Thomas Münzer, serviteur de Dieu
contre les impies »

Et puis, le 14 mai 1525, s'était déroulée, entre les paysans et l'armée des princes, la bataille de Frankenhausen, et les pauvres gens, « ces bêtes féroces », avaient été abattus par milliers. Thomas Münzer avait eu le corps brisé par la torture et la tête tranchée.

La mort était aussi au bout de la révolte, d'une rébellion qui se voulait évangélique, tout comme elle est au bout de chaque vie, quel que soit le chemin choisi. Mais se révolter, combattre, cela ne valait-il pas mieux que de prier dans la cellule d'un monastère, d'attendre, d'espérer seulement en la résurrection ?

Je suis ressorti, et j'ai repris ma place sur la pierre plate.

Le soleil m'aveuglait et ce n'est qu'au moment où elle fut devant moi, à quelques pas, que j'ai découvert Claudia Romano.

32

Elle s'est assise près de moi. J'ai passé mon bras sur ses épaules et il me semble que nous sommes restés ainsi silencieux dans l'intense chaleur du plein soleil.

J'essaie de résister au tourbillon de la mémoire qui emporte ces images chastes, les premières. Mais il m'entraîne dans la bergerie où nos yeux éblouis avaient peine à distinguer les objets, les meubles, et nous tâtonnions, serrés l'un contre l'autre, basculant sur le lit.

J'avais hâte de mordre avec fureur ces lèvres, ces seins, ce sexe. Je n'étais plus qu'un homme avide de cette proie juvénile qui se laissait déshabiller, bras écartés, tandis que j'embrassais ses aisselles, son cou, son ventre et au-delà.

C'était toujours le silence, seulement brisé par nos respirations haletantes, le cri que j'ai poussé. Après, couché sur le dos, mes yeux, désormais habitués à la pénombre, ont distingué les traits de Marie, ont croisé son regard fixe.

Tout à coup, je n'ai pu maîtriser mon émotion.

Je n'étais plus l'homme mûr au corps déjà lourd, impatient d'être rassasié, mais un être fragile déjà miné par la mort et la culpabilité. Un père qui dressait son acte d'accusation, qui passait des aveux que nul n'exigeait, sinon lui-même, qui ressentait le besoin de s'épancher dans l'espoir qu'il serait pardonné, aimé, qu'on aurait pour lui compassion et pitié.

Je m'étais servi de ma fille morte comme d'un alibi. J'avais avoué ma culpabilité afin d'attendrir et même de séduire, pensant qu'être ainsi porteur d'un « crime » par abandon me vaudrait gloire et attrait, à l'instar des monstres.

Comme pour marquer que j'étais au-delà de la souffrance d'un homme quelconque, j'ai raconté d'un ton qui se voulait glacé l'agonie de Marie, mon égoïste aveuglement, comment j'avais refusé de la voir morte.

Claudia s'est tue, figée, allongée à l'écart de moi qui m'étais assis sur le rebord du lit, coudes sur les genoux, poings sous le menton.

« Allons jusqu'à la grotte », a-t-elle dit comme si elle n'avait pas prêté attention à ma confession.

Peut-être avait-elle dormi pendant que je parlais, peut-être avais-je parlé si bas qu'elle n'avait pas compris un traître mot de ce que je disais.

Elle s'est habillée en trois ou quatre gestes – jean enfilé sur son corps nu, chemise de soie blanche dont elle a noué les extrémités sans la boutonner, laissant ainsi voir ses seins.

Je n'ai pas bougé, fasciné par sa désinvolture, sa jeunesse, ses cheveux noirs qu'elle rassemblait en chignon, les retenant par un ruban doré.

Je me suis senti engoncé dans un corps pesant et j'ai eu honte d'avoir oublié ce quart de siècle qui me séparait d'elle.

Marie aurait été plus vieille que Claudia d'au moins sept ou huit ans.

Mais elle était morte et j'étais encore vivant avec mes désirs, mon avidité à les satisfaire. J'ai eu un mouvement de dégoût pour ce tas de chair désirante qu'était encore mon corps vieilli, adipeux.

« Je vous attends dehors », a murmuré Claudia en passant devant moi sans un regard.

J'ai eu honte de ma nudité, de ma soumission, car je savais que j'allais la rejoindre, subir son ironie, je devinais qu'elle m'appellerait « Monsieur le Professeur » alors que je me tiendrais agenouillé devant elle.

Elle s'est arrêtée sur le seuil et, tournée vers moi, tête penchée, mutine, elle a répété qu'elle m'attendrait là-bas, sous les oliviers.

« Dépêchez-vous, Maître ! » a-t-elle ajouté en riant.

J'ai eu le sentiment de ma déchéance, du marché de dupes que j'avais accepté en me livrant aux exigences de la chair. J'avais renoncé à toutes ces pensées, à la foi même autour desquelles j'avais organisé ma vie, ma réflexion depuis la mort de Marie.

Qu'y avais-je gagné ?

Une brève euphorie, une bouffée de vanité, un fugace apaisement.

Et puis ce vide devant moi, ce gouffre du mépris et de la haine de soi vers lequel je me précipitais, m'habillant à la hâte, criant à Claudia que je la rejoignais, qu'elle m'attende, qu'elle m'attende !

Je la suppliais comme un naufragé.

33

Je me suis cramponné à elle plusieurs jours durant. J'ai cherché à l'étonner alors qu'elle avançait, indifférente, regardant droit devant elle tandis que je jappais, que je bondissais, faux jeune homme escaladant les blocs de roche qui constituaient le faîte de la colline.

Je voulais la surprendre, de crainte qu'elle ne se lasse. Mais elle restait insensible, me repoussant quand je tentais de l'enlacer, de l'embrasser dans le cou, de lui prendre la main.

Elle me glaçait d'un coup d'œil méprisant, me cinglait de quelques mots ironiques et condescendants : « Allons, allons, monsieur le Professeur, voyons... »

Ou bien elle m'annonçait que Louis Veraghen, revenu à Patmos, organisait une fête des retrouvailles au restaurant de l'hôtel Xénia, et j'y étais naturellement convié. Elle-même souhaitait vivement que je m'y rende.

Je refusais, puis baissais la tête parce que Claudia s'immobilisait, me fixant avec un étonnement dédaigneux, et je finissais par accepter : « Pour vous, pour vous, Claudia... »

J'étais dressé, j'attendais ma récompense, je me savais ridicule, mais j'éprouvais une satisfaction morbide à m'humilier, à lui offrir ma reddition comme une preuve de mon attachement à elle.

Étais-je devenu l'un de ces pervers qui n'éprouvent du plaisir qu'en se faisant fustiger ou piétiner ?

Ou bien n'étais-je qu'un égaré qui sait qu'il vit sa dernière passion, qui ne se fait pas à l'idée qu'elle puisse cesser, qui est prêt à obéir pour que l'illusion se prolonge ?

Après, quand le mirage se serait dissipé, il n'y aurait plus devant moi que le désert, et j'y avancerais, coupable de toutes mes fautes d'avant Claudia et succombant sous le poids de celles commises avec elle et par elle.

Il ne me resterait plus qu'à me consumer dans cette fournaise, ce fleuve de sang bouillant.

Je serais l'un de ces malheureux dont Dante décrit l'agonie.

Je me suis donc rendu à l'hôtel Xénia et me suis installé en bout de table, loin de Claudia Romano, assise à la droite de Veraghen. Rosa Berelowicz avait été placée par le « Vieux » à sa gauche.

Il pérorait, me défiant du geste, du regard et de la voix. Les autres – Vangelis Natakis, Hugo Moralès, Vincent Boyon, Hans Wessermann – attendaient que je relève le défi, que les deux vieux cerfs entrecroisent leurs bois, que l'un soit piétiné par l'autre. Alors le vainqueur disposerait à son gré des femelles. Veraghen voulait ce combat, quêtait d'un hochement de tête l'approbation de Claudia et de Rosa. Elles riaient et Rosa, de sa voix de gorge, m'interpellait sur un ton faussement scandalisé :

« Vous n'allez pas le laisser affirmer ça sans répondre, ce n'est pas possible ! »

Le vin âpre échauffait Louis Veraghen.

Le visage empourpré, le timbre éraillé, il prenait garde à ne pas me désigner nommément, évoquant seulement ces hypocrites qui baisaient les bigotes dans les confessionnaux, et, penché vers Claudia, lui serrant le poignet, il ajoutait, en prenant à témoin la tablée, que les professeurs étaient des clercs, leurs étudiantes des paroissiennes, et qu'ils agissaient avec elles comme les prêtres avec leurs ouailles.

Claudia souriait, Rosa s'esclaffait, les étudiants se tournaient vers moi.

Je me suis brusquement levé, culbutant ma chaise, renversant une carafe. Le vin s'est répandu sur la nappe blanche comme le sang jailli d'une blessure ouverte.

J'ai fixé cette tache dont les contours s'élargissaient et j'ai eu l'impression que c'était mon propre sang qui se répandait, mon ventre qui se vidait.

Je suis parti alors qu'on criait mon nom, qu'on m'exhortait à revenir. Mais je n'ai pas entendu la voix de Claudia.

J'ai longé les quais du port de Skala, me retournant à plusieurs reprises, sachant pourtant que Claudia s'abstiendrait de me suivre. J'ai néanmoins continué de l'espérer. Quand j'ai atteint ma bergerie, je me suis assis sur la pierre plate à droite de l'entrée.

J'ai attendu encore, guettant le chemin qui serpente entre les oliviers.

34

Claudia est revenue le surlendemain.

Elle est restée campée devant moi qui lisais, assis sur la pierre plate devant ma bergerie.

Elle a croisé les bras. Elle ressemblait ainsi à une statue impérieuse au visage si lisse, aux traits si purs qu'ils en étaient presque inexpressifs, et c'était cette impassibilité qui m'attirait.

Je me suis souvenu de la peau soyeuse et cependant marmoréenne de son corps, de la perfection de ses formes, de la lenteur avec laquelle elle bougeait, comme si elle appartenait à un monde que régissait un autre battement du temps.

Certes, je l'avais pénétrée brutalement, je l'avais fait se cambrer, elle avait gémi. Mais je la ressentais pourtant comme inaccessible. J'ai eu la tentation de m'agenouiller devant elle, de lui entourer les cuisses de mes bras, de poser ma tête contre son sexe, de mendier un peu d'attention. J'étais prêt, pour obtenir cette aumône, à implorer son pardon.

J'étais coupable d'être écrasé par mon passé et par cet âge qui m'entravaient, par ce deuil de Marie qui jamais ne prendrait fin.

J'étais coupable de tous ces remords que je n'arrivais plus à chasser ni à contenir.

J'étais coupable d'être écartelé entre ma quête de la foi, ma volonté de contraindre mon corps, ma fascination pour ceux qui se flagellaient, et mes désirs qu'elle avait fait renaître, auxquels j'avais succombé.

Elle m'avait comblé, m'avait donné l'illusion d'une résurrection, et j'en étais plus désespéré encore.

Assis sur ma pierre, j'ai gardé la tête baissée pour échapper à mon désir de l'enlacer, de l'aimer. Immobile, je voulais me persuader que tout ce que j'éprouvais pour elle était vain.

J'ai murmuré : « Trop tard. »

M'a-t-elle entendu ? A-t-elle cédé à la compassion ?

Elle a fait un pas, s'est assise près de moi dans le soleil, mais elle a veillé à ne pas m'effleurer et je n'ai pas tenté de me rapprocher d'elle.

J'ai tendu le bras vers l'horizon, vers cette mer éblouissante, sans limites, recouverte d'écailles vibrantes.

Dans le creux de la rade, au pied de la colline, s'entassaient les maisons cubiques et blanches du port de Skala.

« La Cité du Soleil », ai-je dit.

Le titre du livre du dominicain Tommaso Campanella s'était tout à coup imposé à moi et je me suis mis à parler de cet homme au visage massif, à la peau épaisse et rugueuse, aux grosses verrues qui l'enlaidissaient, au regard exprimant détermination et obstination.

Il était né en 1568 en Calabre, dans le petit village de Stilo. J'avais vu, sur la place de Stilo, la statue de ce fils de pauvres gens aussi démunis et analphabètes que l'avaient été les parents de Thomas Münzer.

Mais alors que Münzer, clerc dans le siècle, avait soulevé les paysans et pris la tête de leur révolte, Tommaso Campanella était resté au sein de l'Église, au bord de l'hérésie, et n'avait pas manié le glaive, mais trempé sa plume dans la colère et le rêve.

Mort en 1639, il avait décrit dans les premières années du XVIIe siècle une principauté idéale, cette *Cité du Soleil,* livre que j'avais lu pour la première fois à Patmos, nombre d'années auparavant.

Je me suis levé, posant un instant la main sur l'épaule de Claudia. Elle s'est aussitôt raidie. Je me suis éloigné en lui expliquant que j'allais chercher un livre essentiel dont je souhaitais lui parler, une édition rare de la *Civitas Solis*, l'utopie, la rêverie de Campanella. Il me fallait attiser sa curiosité, recréer un lien entre nous, percer cette indifférence qu'elle manifestait désormais et que je devinais lourde de reproches, alors que nos premières étreintes avaient laissé en moi le souvenir d'un moment de grâce, d'un vrai miracle.

Je suis revenu et ai placé le livre entre nous deux sur la pierre plate.

Il fallait que je parle, que mes mots agrippent Claudia, démantèlent ses préventions, cette volonté d'en finir avec moi – je le ressentais ainsi –, ce désir qu'elle avait sans doute d'aller retrouver Veraghen.

Je ne pouvais rivaliser avec lui dans l'art de la séduction.

Je devais donc la surprendre.

« *Civitas Solis* », ai-je répété.

Puis j'ai parlé avec ferveur de Campanella, ce dominicain comploteur, philosophe, astrologue du pape Urbain VIII et du cardinal de Richelieu.

Il avait été accusé d'hérésie. On l'avait torturé, mais il avait simulé la folie et on ne l'avait pas brûlé vif, ni garrotté en lui brisant le cou.

On l'avait emprisonné durant près de trente années et il avait rêvé, édifié dans la nuit des cachots sa *Cité du Soleil*.

35

Claudia Romano m'écoute. Je ne la regarde pas, mais je sens qu'elle est tournée vers moi.

Empruntant la voix de Tommaso Campanella, je cite :

« Je suis la cloche qui annonce l'aurore nouvelle ! »

Car il pensait que l'année 1600 serait le nœud des temps, et qu'après cela viendrait un âge d'or.

Il voulait que la Terre soit le royaume de Dieu, mais se défiait de ceux qui se proclamaient disciples du Christ.

Je lis :

« Les chrétiens d'aujourd'hui ressemblent bien plus à ceux qui Te crucifièrent qu'à Toi-même, Crucifié. Tant ils s'éloignèrent, bon et doux Jésus, des lois prescrites par Ton esprit divin… Si Tu redescends sur terre, viens armé, Seigneur. Tes ennemis Te préparent d'autres croix, non les Turcs ni les Juifs, mais les chrétiens eux-mêmes. »

J'étais le prédicateur qui doit à toute force retenir l'attention des fidèles, piquer leur curiosité, les convaincre, les exalter pour les entraîner à sa suite.

« Les habitants de la Cité du Soleil, les Solariens, étaient gouvernés par un Métaphysicien assisté de trois princes : Pon, Sin et Mor – Puissance, Sagesse et Amour. Dans la Cité, tous les Solariens sont soumis à l'étude de toutes les disciplines, et les sept murailles concentriques qui délimitent les quartiers sont à la fois des fortifications, des habitations et des bibliothèques. »

C'était une fable, un rêve. J'ai senti que cette utopie ravissait Claudia et je m'appliquais à rendre ma voix d'autant plus veloutée, persuasive.

Je devais être l'enchanteur.

« Dans la Cité du Soleil, tout appartient à tous, l'adultère n'existe pas, de même qu'il n'y a pas de mal à manger le pain qui est commun, et la fornication n'est pas reconnue comme un péché contre nature, car dans la République du Soleil la fornication n'existe pas, puisqu'il y a communauté. »

Je n'ai pas voulu m'interrompre, briser le charme, ce lien qui nous unissait à nouveau.

Mais je devais aussi m'interdire de céder à mes tentations : regarder Claudia, saisir sa main, lui baiser le cou, les lèvres, l'enlacer, la porter jusqu'au lit.

J'ai expliqué que, dans la Cité du Soleil, des astrologues désignaient ceux qui iraient au lit ensemble.

J'ai repris le livre et, sans me tourner vers Claudia, j'ai lu :

« Alors, après force ablutions, ils font l'amour tous les trois soirs, les grandes et belles filles avec les hommes grands et intelligents, les grasses avec les maigres et les maigrelettes avec les gros, afin de tempérer les excès... Celui qui s'éprend d'une femme a le droit de lui parler, de lui dédier des poésies, de plaisanter, d'offrir des fleurs et des plantes... Ils ne s'accouplent que digestion faite, et après avoir prié. Ensuite ils se mettent à la fenêtre et implorent le Dieu du Ciel qu'Il leur accorde une belle descendance. »

36

Claudia est entrée la première dans la bergerie et je l'y ai suivie, abandonnant sur la pierre plate la précieuse édition de 1637 de la *Civitas Solis*.

Elle s'est allongée sur le lit et, sur l'instant, je n'ai pas compris que, cette nuit-là, elle allait m'offrir une cérémonie d'adieux.

J'ai perdu la raison, la mesure du temps, la mémoire.

Fougueux, j'avais la tête pleine de rêves. Quand mon désir s'apaisait, je décrivais notre propre Cité du Soleil et Claudia me faisait faire et dire, se prêtant à toutes mes folies, les suscitant, m'accompagnant dans cette vie future que je bâtissais pour nous deux.

J'ai cru que son silence valait approbation lorsque j'ai dit qu'un fils serait l'âme, le principe et le but de notre *Civitas Solis*.

Cette nuit-là, j'ai oublié que j'avais déjà eu – je reprends les termes de Campanella – « une belle descendance ». Et que j'avais laissé ma fille Marie dépérir et mourir. Comment ai-je pu croire qu'on peut, comme un innocent, prétendre benoîtement au bonheur quand on a commis un tel crime ?

Mais le Diable qui est dans la chair m'avait rendu amnésique.

Comme un homme ivre qui ne sait plus ni qui il est ni où il se trouve, j'affirmais que mon passé n'avait jamais existé, que l'amour et le désir que j'éprouvais pour Claudia étaient les premiers.

Par elle, en elle, je naissais à la vie.

Elle détenait le pouvoir divin de la résurrection. C'était elle, ma tête serrée entre ses cuisses, qui me mettait au monde.

Misère de la chair !

J'écris cela aujourd'hui, dégrisé.

Je revois le visage de Claudia et lis sur ses traits indifférence et lassitude. Mais elle m'accorde ce que je désire. Elle s'applique à me satisfaire. Elle dit : « Si tu veux... » Elle m'accompagne, silencieuse, lorsque je parcours ce qui sera notre Cité du Soleil.

Puis, alors que l'aube s'annonce, elle s'habille en hâte :

« Il faut que je parte », dit-elle.

Je m'affole, proteste :

« Je croyais... »

Du bout de ses doigts, elle me caresse les lèvres, la joue. Elle m'enlace, se serre contre moi avec tendresse et abandon. Elle efface mes craintes, mon angoisse, mes soupçons. Je lui propose de la raccompagner. Elle refuse d'un mouvement de tête. J'insiste. Elle me repousse.

Tout à coup, je la vois en pleine lumière, démaquillée, résolue, répétant d'une voix dure :

« Non, je préfère être seule, maintenant. »

Ces mots-là sont tombés, tranchants, et j'en ai été terrifié, comme si la terre s'était mise à trembler. Le sol s'est ouvert et une faille noire m'a englouti.

La mémoire m'est revenue. J'étais dans le hall de l'hôtel Xénia, je venais d'apprendre la mort de Marie, ma fille, ma décharnée, et l'abîme sans fond béait devant moi.

J'ai balbutié, ne pouvant que répéter son prénom comme on tend la main pour une aumône.

« Claudia, Claudia... »

Elle est partie sans me répondre.

L'apocalypse était sans espérance.

Aucun homme ne pourrait jamais bâtir la Cité du Soleil.

Heureux du moins celui qui en rêvait !

TROISIÈME PARTIE

Apocalypse et Espérance

37

Rafaele Di Pasquale a plaqué ses paumes sur ses yeux irrités, brûlants.

Il ne pouvait plus lire les mots de Paul Déméter qui s'affichaient sur l'écran de l'ordinateur.

Assez !

Quel père, sinon un être aimant se vautrer avec une complaisance morbide dans le remords et la culpabilité, aurait osé écrire après le suicide de son enfant unique : « Marie, ma fille, ma décharnée » ?

Assez !

Le commissaire s'est levé. Il doit quitter cette maison, sortir, respirer, s'arracher à ces phrases de Déméter qui l'obsèdent, forment les mailles d'un filet qui l'emprisonne, l'étouffe.

Assez !

Lisant ces textes, il avait souvent eu envie de hurler, la bouche pleine de l'âpre salive de la colère, de l'injure et du mépris. Oui, il en bavait de rage !

Cet homme était lâche et retors. Il jouissait du suicide de sa fille. Il en avait fait son blason, la marque de sa distinction, la preuve que Dieu l'avait choisi et puni. Ce châtiment signifiait qu'il était un être d'exception, l'égal d'un « élu » dont Dieu avait exigé le sacrifice suprême, l'offrande de son enfant égorgé.

Et, comme un bateleur, Déméter en montrait le corps : « Regardez-la, ma fille décharnée offerte à Dieu ! Regardez-moi, voyez mes mains tachées de son sang, condamnez-moi, admirez-moi, frappez-moi ! »

Il invoquait le Christ, saint Jean, saint Paul, *il poverello* saint François, Joachim de Flore, Thomas Münzer ou Tommaso Campanella, mais c'était manière de se placer dans leur lumière, au sommet du monde, de flatter, d'exalter son égoïsme sacré, ce bloc d'un Moi jamais entamé. Il s'accusait, se flagellait afin qu'on le plaigne et parle de lui.

C'était sa façon de séduire. Sa douleur, la mort de sa fille lui servaient d'appât.

Et Claudia Romano, et combien d'autres avant elle avaient été dupes ?

Paul Déméter savait que le malheur attire, suscite curiosité et compassion.

Cet homme était vil.

Di Pasquale a tiré à lui la porte si brutalement qu'il a trébuché, heurtant le seuil surélevé.

Tout est piège, dans cette maison.

Il a claqué le battant, fait quelques pas sur l'aire. Le vent venu d'Asie est violent. On dirait qu'il projette des épines qui s'enfoncent dans la peau du visage.

Di Pasquale lui a tourné le dos, s'arrêtant un instant devant cette pierre plate à côté de l'entrée de la bergerie. Les phrases de Déméter qu'il a un instant oubliées l'oppressent à nouveau.

Il a respiré leur poison durant plusieurs semaines. Il les a analysées, commentées, citées dans les rapports qu'il a envoyés au ministère. Personne n'a dû les lire. On lui a téléphoné :

« Continuez l'enquête, les charognards de la presse sont aux aguets. Si on ne leur donne rien en pâture, ils diront qu'on étouffe l'affaire. Et les Grecs, où en sont-ils ? »

Vassilikos voulait seulement qu'on respecte la pierre angulaire de la foi chrétienne qu'était à ses yeux l'île de Patmos, là où s'était écrite l'histoire de la création du monde et de la fin des temps. Il avait admonesté Di Pasquale : le médiocre destin, la conclusion sordide de la vie d'un professeur français ne devaient en aucun cas ternir la gloire évangélique de Patmos.

« Faites ce que vous voulez, cher collègue, mais gardez bien en mémoire que l'être de Patmos, c'est l'Apocalypse ! »

Di Pasquale a contourné la maison, arpenté le cimetière, à l'abri du vent derrière la bergerie.

C'est à peine si frissonnaient les longues herbes emmêlées qui recouvraient les tombes.

Il s'est assis sur l'une de ces dalles et s'est à nouveau souvenu que Paul Déméter était souvent venu méditer au milieu des sépultures.

C'est ici qu'il avait conçu ce dernier texte que Di Pasquale hésitait à pénétrer, peut-être d'abord à cause du titre, *Apocalypse et Espérance,* où s'exprimaient la mégalomanie et l'égocentrisme de Déméter.

Cependant, le commissaire sait qu'il lui faut « ouvrir » ces pages, s'avancer au milieu de ces phrases, risquer de s'y perdre.

Il doit accomplir le dernier acte de l'autopsie de Paul Déméter.

Il n'a pas le droit de refuser cette reconnaissance ultime.

Tout homme, quel qu'il soit, quoi qu'il ait fait, mérite qu'on cherche les raisons et les circonstances de sa mort.

38

Le vent est tombé, mais une pluie d'averse a commencé à strier le ciel, et Rafaele Di Pasquale s'est réfugié dans la maison de Paul Déméter.

Il est d'abord resté sur le seuil. La pénombre avait envahi la grande pièce, drapant la réalité de ses plis noirâtres, effaçant les contours, masquant le portrait de Marie Déméter.

Elle convient à Di Pasquale. Il s'y est enfoncé, heurtant les fauteuils, la table basse, tâtonnant jusqu'à la grande table.

Il s'est assis face à l'ordinateur, bras croisés, ses poings fermés glissés sous les aisselles comme s'il voulait emprisonner ses mains, les empêcher de toucher le clavier, d'en faire jaillir les phrases.

Il a écouté le crépitement de la pluie, tel un joueur qui hésite à dire « échec et mat » parce qu'il craint que son adversaire ne lui ait tendu un piège et ne retourne la situation.

Di Pasquale n'entend pas être vaincu, réduit à l'impuissance, cantonné dans sa petite case, acculé à l'abandon ou, pis, renversé, tué, roi gisant sur l'échiquier.

Toute vie se terminait ainsi : la partie ne prenait sens qu'à la fin, tout ce qui avait précédé n'était que préparation à l'ultime.

Celui qui se croyait vainqueur n'était qu'en sursis. Lui aussi serait à son tour vaincu.

« Chaque vie est un calvaire, puisqu'elles conduisent toutes à la croix », a songé Di Pasquale.

Il a frappé la table du poing tout en marmonnant des injures. Cette phrase aussi appartenait à Déméter. Ce lâche, ce pervers, ce masochiste empoisonné et contagieux. Il fallait l'écraser d'un coup de talon !

S'appuyant au rebord de la table, Di Pasquale a repoussé si violemment sa chaise qu'il a basculé, sa nuque heurtant le sol.

Il est resté couché là, se souvenant de sa chute dans la chapelle du cimetière, de ce qu'il y avait découvert : le Christ décapité, les noms inscrits de part et d'autre de la croix, sans doute tracés avec du sang.

Depuis, il a parcouru un long chemin, lisant ligne après ligne le grand cahier rouge de Déméter. L'emphase de celui-ci, sa démesure, ses flagellations l'ont d'abord séduit. Puis il s'est enfoncé dans ces sortes de mémoires, ces cercles de mots que le professeur avait confiés jour après jour à l'ordinateur. Journal d'un malade qui voulait suivre les traces de saint Jean, écrire ce livre qu'il annonçait presque chaque jour, qu'il avait intitulé *Apocalypse et Espérance* et dont la phrase d'ouverture avait marqué Di Pasquale, tant elle exprimait une ambition aussi folle que démesurée :

« Ceci est le miroir de ma vie, l'histoire des rêves et cauchemars qui hantent les hommes. »

Di Pasquale s'est redressé lentement, le dos douloureux, les coudes meurtris.

Mais le moment était venu.

Il a repris sa place face à l'ordinateur. Il lui a suffi d'effleurer les touches du clavier pour que les mots déferlent.

Et d'abord le titre, *Apocalypse et Espérance*, puis vingt-deux chapitres, comme dans l'Apocalypse de Jean, chacun s'ouvrant par la citation d'un verset de l'évangéliste.

Le commissaire a fermé les yeux.

L'ordinateur est une machine infernale grouillant de mots. Le monde y est enfermé : hommes dénudés, corps décomposés ; tout y est vrai et simulacre, chair et signe.

Di Pasquale va jouer sa partie tout en sachant que la défaite – la mort – est au bout.

Mais il faut persister à croire qu'on peut à nouveau enfermer la Bête dans un abîme alors qu'elle se terre en chacun de nous.

Caïn a tué Abel et le remords l'a dévoré.

Chaque homme est le frère de son meurtrier.

Rafaele Di Pasquale a baissé la tête.

On aurait dit qu'il priait.

39

Apocalypse et Espérance

I

> « Écris donc ce que tu as vu, ce qui est et ce qui va être. »
>
> Apocalypse de Jean, I, 19.

Moi, Paul Déméter, j'ai la certitude que la fin de ma vie va se confondre avec la fin des temps.

J'écris ces lignes dans l'île de Patmos, à quelques centaines de pas de la grotte où Jean a dicté l'Apocalypse à son disciple Prochoros.

Je vois s'avancer vers moi une immense muraille d'eau noire, la plus haute des déferlantes.

J'entends son grondement.

« L'instant est proche », avertit Jean.

L'heure est maintenant venue, la terre tremble, le sol se fend ; l'abîme se creuse, et depuis le début du XXe siècle, mon siècle, des centaines de millions d'hommes y ont été précipités.

Je les vois se débattre, en vain tenter d'échapper à ce fleuve de sang bouillant qui coule au fond du gouffre.

Je vois ceux qui ont les yeux crevés, dont les ventres sont déchirés et qui tiennent leurs entrailles à pleines mains.

Je vois les tranchées, les fosses communes dans lesquelles s'entassent des centaines, des milliers, des millions de corps.

Je vois Verdun, Auschwitz et Birkenau, le Cambodge et le Rwanda.

Je vois le peuple du Christ promis à l'anéantissement.

Je vois les ghettos et les wagons, les chambres à gaz et les futurs crématoires.

Je vois les cendres répandues, et cette poussière de mort est la semence de notre monde.

Les enfants sont tués avant de naître et ceux qui voient le jour sont, par millions, les proies de la faim, de la guerre, du désespoir.

Parmi eux, il y a ma fille Marie.

Je l'ai vue agoniser sous mes yeux, refuser de se nourrir, ressembler chaque jour à ces martyrs, debout derrière les fils de fer électrifiés de leur camp d'extermination. Savait-elle, Marie, ma décharnée, que je pressentais sa fin, mais que, trop occupé de moi, je détournais les yeux, refusant d'imaginer ce qui est advenu, ses poignets et sa gorge tranchés, son sang répandu ?

N'était-ce pas déjà l'annonce de la fin des temps que le spectacle de ces millions d'enfants aux yeux remplis de larves, aux visages ressemblant à ceux de vieillards ?

J'ai vu leurs corps squelettiques guettés par des charognards qui s'apprêtaient à les déchiqueter.

Ô vision d'horreur, ô image de notre monde que cet oiseau au bec acéré qui attend que meure un enfant pour s'en repaître !

Un homme a été là pour photographier la scène et nous sommes des centaines de millions à l'avoir vue sans hurler d'effroi.

Où est la main qui a protégé cet enfant de la cruauté du rapace ?

Tous, enfants, femmes, hommes, continuent à mourir de faim, de la guerre, et de cette étrange épidémie qui transforme l'amour en enfer, le plaisir en souffrance, et où les bébés à naître contractent la maladie alors que leur mère les porte encore dans son sein.

Partout, Caïn poignarde ou étrangle Abel.

Là où le Christ a prêché, règne la haine. On se tue pour la possession de la terre et de l'eau, des lieux sacrés de la foi. Sur chaque pierre, des innocents ont été égorgés.

Et personne ne semble voir dans cette hémorragie d'hommes, sur cette Terre sainte, celle du peuple élu, la mort prochaine de toute l'humanité.

Elle tient entre ses mains l'arme de sa destruction. Ce ne sont plus seulement des villes entières qui seront incendiées, rasées : toute vie sera alors consumée, et la terre vitrifiée.

Deux villes ont déjà connu ce sort, et l'ombre des corps de leurs habitants est à jamais incrustée dans la pierre sous l'effet d'une chaleur de lave solaire.

Je vois, je sais ce qui va advenir.

Les uns vont fuir leur territoire de famine. Rongés par le désert, ils embarqueront sur des navires voués aux naufrages. Ils jetteront pardessus bord les corps des enfants morts les premiers. Puis ils périront tous.

D'autres embarcations réussiront à franchir les détroits, mais leurs équipages seront emprisonnés sur les terres riches où ils avaient rêvé de vivre. La colère de ces survivants se changera en haine. Ils invoqueront la justice, l'égale répartition des biens, leur Dieu, et partout Caïn poursuivra Abel.

Voilà ce qui va être, et qui est déjà.

Des hommes aveuglés par leurs certitudes deviendront des bombes vivantes.

Les villes vulnérables seront ensanglantées. Les tours les plus hautes seront détruites, leurs habitants ensevelis sous les décombres.

Les fanatiques se tueront en tuant.

La peur enfermera les hommes dans des maisons, des quartiers entiers de pays-forteresses, alors même que le monde est devenu un, que des milliards de mots traversent l'espace, que les voix de tous, en toutes langues, se mêlent et s'entrecroisent.

Une toile géante enveloppe le monde, mais, sous les apparences de l'unité des multitudes, l'avenir a le visage grimaçant du désordre, de l'inégalité et de la haine.

La mort de Marie préfigure la fin des temps. C'est là mon apocalypse.

40

Apocalypse et Espérance

II

« Mais j'ai contre toi que tu as laissé ton premier amour. »

Apocalypse de Jean, II, 4.

Je regarde les hommes, ils sont mon miroir.

Combien, parmi eux, parmi nous, écoutent la parole de Dieu telle que Jean la rapporte dans l'Apocalypse ?

Le Seigneur dit au chapitre II, verset 10 :

« Sois fidèle jusqu'à la mort et je te donnerai la couronne de vie. »

Qui se soucie de la fidélité ? À ceux qui lui ont donné la vie, à ceux auxquels il a donné la vie, à ses proches, à ses frères des premiers jours, à ceux avec qui il a partagé ses illusions, son enthousiasme.

Mais les humains se séparent, se trahissent, s'abandonnent, courent derrière leur liberté absolue, ce mirage, et, lorsqu'il se dissipe, ils sont seuls, au milieu du désert. Ils jaugent leur vie et implorent, bras tendus, afin qu'un homme ou une femme s'avance et vienne à eux.

Mais personne.

Ils entendent alors la voix qu'ils n'ont jamais écoutée et qui leur dit :

« J'ai contre toi que tu as laissé ton premier amour. »

Je ne suis qu'un homme seul parmi la multitude.

Je me souviens de cette nuit d'été, sur la plage, où j'ai serré pour la première fois le corps d'une femme. J'étais une momie échappée de son sarcophage, débarrassée de ses bandelettes et qui aimait au rythme du ressac.

J'ai oublié celle qui m'avait donné la vie, elle, ma mère, qui m'attendait, mains enserrant son visage, et parfois elle ne pouvait s'empêcher de tirer sur ses cheveux afin que son angoisse devienne douleur. Quand je suis rentré, à l'aube, elle a insulté la jeune femme avec qui j'avais passé la nuit et qu'elle accusait – elle parlait comme Jean dans l'Apocalypse – de s'être convertie à la prostitution.

Elle a crié :

« Et ses enfants, je les tuerai à mort ! »

C'est écrit au chapitre II de l'Apocalypse, verset 23. Moi, oublieux de ce que je lui devais, aveugle à son inquiétude, je l'ai giflée pour qu'elle cesse de divaguer, qu'elle reprenne ses esprits, qu'elle sache que cette nuit-là était pour moi celle de la rupture avec elle, de la grande et criminelle infidélité.

Après ce premier coup, je n'ai plus cessé de frapper ceux qui m'avaient donné la vie et celle à qui j'avais donné la vie, Marie, ma décharnée.

J'ai trahi ma mère et ma fille. Et tant d'autres.

Les hommes sont si fiers de défaire les liens d'amour et d'amitié.

Ils courent vers la liberté, la poursuivent, saccagent tout autour d'eux dans leur hâte de jouir.

Ils font de même avec leur terre et les êtres qui la peuplent. Ils l'éventrent, la pillent, en dévorent les espèces.

Ils abattent les arbres, épuisent les sources, égorgent les agneaux dont ils se repaissent.

Ils ont renié leur premier amour et, comme je l'ai fait, ils ne cessent plus, au long de leur vie, de rompre avec chaque fois la volonté et l'espoir de saisir à pleines mains, à plein corps cette liberté qui les obsède.

Ils ne savent pas que seuls les liens acceptés garantissent la paix. Que seuls les regards d'autrui peuvent insuffler joie et vie.

Mais ils ignorent le mot « amour ». Ils sont forts d'avoir giflé leur mère et se précipitent dans les bras de la femme qui leur a donné du plaisir.

Mais celui-ci se tarit vite et l'étreinte devient prison, la jouissance s'enfuit et ne reste que l'ennui de la répétition.

Alors ils trahissent à nouveau et l'engrenage qui les entraîne tourne de plus en plus rapidement.

Au bout il y a le désert, et, pierre parmi les pierres, le corps d'un enfant qu'ils ont laissé mourir.

Je reconnais là Marie, ma fille décharnée.

Et j'entends le verset 23 du chapitre II de l'Apocalypse de Jean :

« Et les enfants, je les tuerai tous ! »

La prophétie se réalise.

La terre devenue désertique s'ouvre et une déferlante d'eau noire surgit de l'abîme.

La mort de Marie, la solitude de chaque humain, muet, aveugle parmi ses frères et sœurs, annoncent la fin des temps.

41

Apocalypse et Espérance

III

> « Tu dis : “Je suis riche, je me suis enrichi, je n’ai besoin de rien”, et tu ne sais pas que tu es malheureux, pitoyable, pauvre, aveugle et nu. »
>
> Apocalypse de Jean, III, 17.

Je suis entré dans la grotte de l’Apocalypse.

J’ai vu la pierre qui servait d’écritoire à Prochoros, le scribe et disciple de Jean.

Je me suis appuyé à la paroi, là où l’Évangéliste avait coutume de se tenir lorsqu’il dictait les versets de l’Apocalypse.

J’étais seul, noyé dans le silence et la pénombre, et pour qu’une voix résonne en ce lieu où avaient été énoncées les prophéties, j’ai prié :

« Notre Père qui êtes aux cieux, que Votre nom soit sanctifié et que Votre règne arrive. »

Puis j’ai dit les premiers mots des versets 8 et 15 du chapitre III de l’Apocalypse de Jean :

« Je sais tes œuvres... »

Je me suis alors souvenu de ces immenses cavernes que sont, dans toutes les Babylones, les bourses, les banques, les salles de marchés, ces grottes hurlantes où des centaines d'hommes gesticulent et crient dans la violente lumière qui éclaire des chiffres évanescents.

La passion de millions d'hommes pour le profit, la richesse, l'or et tous les biens explose dans ces grottes du Diable. Et les destins des milliards d'êtres vivant sur cette terre se jouent là, dans la fureur des cris et des corps.

Loin, dans les rizières, des paysans courbés sur la boue ignorent que le prix de leur travail est fixé dans ces cavernes. Sur les pelouses de maisons des antipodes, des enfants insouciants n'imaginent pas que demain leurs demeures seront saisies et que leurs parents endettés, démunis, ne seront plus que des errants.

Car la vague déferlante, la plus haute, s'est abattue sur le monde et a renversé les étals des marchands du Temple. Elle a envahi leurs cavernes, noyé ceux qui se croyaient maîtres de l'or.

Et des milliards d'innocents ont été ruinés, dépouillés, emportés dans la tourmente.

Les hommes sont comme les fourmis affolées quand on fouaille et culbute d'un coup de bâton leur fourmilière.

Certains doutent, quelques voix s'élèvent. Le monde vacille ! crient-elles.

Une vie qui n'a eu pour sens et finalité qu'entasser des biens est vouée à l'Enfer.

Un monde où l'on ne s'interroge pas sur le sens et la finalité de la vie court vers l'abîme.

Mais la vague est passée. Les hommes croient qu'il leur suffit de reprendre le cours des choses comme si l'eau noire qui avait déferlé, évaporée, n'avait été qu'un bref cauchemar.

Les fourmis reconstruisent leur édifice. Les salles de marchés, les bourses et les banques, ces cavernes dans des palais de marbre s'illuminent à nouveau dans le vacarme des voix. On lance des chiffres, des ordres – j'achète, je vends –, et les corps gesticulent, les bras se tendent, les mains s'agitent.

À nouveau, au-dessus des cavernes du Diable, on dresse les tours de l'illusion. Les plus riches, comme s'ils pressentaient que leur monde est voué à l'effondrement, accumulent avec avidité les profits, les biens. Les pauvres, soumis à la loi des puissants, rêvent de les imiter et les haïssent.

La vénération du profit engendre le désordre et la haine. Jeunes et affamés, forts de leur fanatisme, prêts à mourir pour leur foi, des peuples entiers écoutent les prédicateurs qui les incitent à détruire un monde qui n'obéit qu'à la cupidité.

D'un côté, l'illusoire et précaire pouvoir d'hommes amasseurs de profits, esclaves de l'or.

De l'autre, les démunis qui n'ont que la haine et le fanatisme pour armes.

Les uns et les autres se ruent vers l'abîme et assurent le triomphe de la Mort.

Jean avait rapporté les propos de Dieu annonçant aujourd'hui l'imminente fin des temps :

« Homme, je sais tes œuvres ; on dit que tu vis, mais tu es mort. »

42

Apocalypse et Espérance

IV

> « Tu es digne, notre Seigneur et Dieu, de recevoir la gloire, l'honneur et la puissance, parce que c'est Toi qui as créé l'univers et c'est par Ta volonté qu'il existe et a été créé. »
>
> Apocalypse de Jean, IV, 11.

Assis sous les oliviers de Patmos, j'étais entouré de ces jeunes gens, Vangelis Natakis, Hans Wessermann, Hugo Moralès, Vincent Boyon, Rosa Berelowicz et Claudia Romano –, dont mon rival, Louis Veraghen, disait qu'ils étaient mes disciples. Ils me questionnaient avec fougue sur le sens de ma vie, mes convictions. Ils me tendaient des pièges sous le regard amusé du « Vieux ».

J'ai longtemps hésité à leur avouer ce que je ressentais, ce que je croyais.

Puis, tout à coup, moi qui avançais prudemment, afin de ne pas me découvrir, m'exposer aux sarcasmes, je me suis précipité et ai parlé avec ardeur :

« Qui a des oreilles, qu'il entende... »

J'ai osé dire : l'homme devient homme s'il croit que sa mort est une autre puissance.

S'il s'y refuse, il n'est qu'une masse de chair putrescible, un assemblage provisoire d'organes et d'os, une outre de peau pleine de sang et qui crèvera, comme lui.

Il ne sera pas différent d'un insecte qu'on écrase, d'un agneau qu'on égorge.

Sa vie n'aura été qu'une succession absurde et aléatoire d'actes sans signification.

Les sentiments qu'il a éprouvés, l'amour qu'il a donné ou inspiré, la haine qu'il a suscitée n'auront été qu'illusions.

Car si la mort n'est pas renaissance, si elle n'est que la destruction d'un organisme, alors la vie n'a pas de sens. Il n'y a plus de vérité, tout devient relatif, tout se vaut, tout est dans l'ordre des choses.

Tout est affaire de circonstances, de point de vue.

Il n'y a ni bourreau ni supplicié, ni coupable ni innocent, seulement des forts et des faibles.

L'homme n'est alors qu'un rat qui, au long de sa vie, apprend plus ou moins vite à cheminer dans le labyrinthe, à éviter les pièges afin d'atteindre les nourritures et les honneurs dont il se gave et se pare.

Puis il meurt, et sa vie n'aura été que ce trottinement prudent, cette quête avide pour satisfaire ses besoins.

Je réfute cette vision de l'homme qui le réduit à l'état d'insecte, d'agneau, de rat.

L'homme n'est homme que si sa mort, et donc sa vie, ne se terminent pas dans une fosse commune où pourrissent des milliards d'autres corps.

Je crois en Dieu parce que je veux croire que l'homme échappe à cet ensevelissement :

« Voulez-vous n'être que des rats ? »

Je leur ai dit cela et ils sont d'abord restés silencieux en se regardant les uns les autres, quêtant auprès de Veraghen un signe, une attitude, une réponse à mes propos.

Le « Vieux », l'esprit fort, a ricané.

J'ai lu dans leurs yeux de l'ironie, de l'accablement, de la commisération, un étonnement mêlé de déception, voire de mépris. Puis ils se sont partagés :

Il y avait les athées : Veraghen, Boyon et Wessermann. Dieu est mort ! clamaient-ils, arrogants. Comment, après des siècles de combat contre l'obscurantisme, pouvais-je oser, moi, le savant exégète, évoquer à nouveau la supercherie de la résurrection ?

Les autres – Moralès, Natakis, Claudia, Rosa –, plus prudents, jouaient les indifférents. Ils étaient de ceux que Dieu interpelle dans l'Apocalypse de Jean :

« Je sais tes œuvres, et que tu n'es ni froid ni chaud ! Si seulement tu étais froid ou chaud !

Mais tu es tiède, et je vais te vomir de ma bouche ! »

Ils écoutaient avec attention Veraghen, Boyon, Wessermann prétendre que le hasard était seul à l'origine de l'univers, qu'un jour la science résoudrait toutes les équations demeurées mystérieuses. Quant au sens de la vie, c'était la mémoire, l'histoire des hommes qui le donnaient.

Le reste n'était qu'affabulation, superstition.

Et la mort de Marie, ma décharnée ? Et le désespoir qu'elle avait engendré ?

Et l'amour qu'en dépit de mon égoïsme j'avais éprouvé pour elle, n'était-ce qu'un réflexe de rat ?

Et les bras de Marie que, petite, elle avait l'habitude de nouer autour de mon cou, c'était quoi ? L'instinct ?

Tout cela à la fosse ? Dans le crématoire ? Et tout était dit ?

Et ces centaines de milliers d'enfants gazés, brûlés ? Et ceux dont un homme en noir fracassait la tête en les tapant contre un mur ? Sans importance ? Sans signification ? Sans espérance ?

Et si le tueur échappe à la justice des hommes et meurt en paix, ayant troqué le noir de l'uniforme pour le blanc du rentier, aucun châtiment ?

Pris ou pas pris, tel serait donc le non-sens de cette vie animale ?

Vous voulez donc n'être que des rats ?

Si vous refusez d'être homme, craignez la fin des temps !

Les athées timorés, les agnostiques se taisaient.

J'avais longtemps été l'un de ces lâches qui détournent la tête. Je n'avais pas voulu voir ma fille morte et j'avais laissé les flammes la dévorer.

J'avais été plus rat qu'un rat qui lèche sa portée et la défend.

Je suis innocent devant la loi, qui est l'ordre des choses. Mais si je crois que la vie a un sens, je suis coupable et criminel.

Qu'on me frappe « avec une trique de fer, comme on brise des vases de poterie » !

J'espère ce châtiment évoqué au chapitre II, verset 27, de l'Apocalypse de Jean.

« Je sais tes œuvres », a dit Dieu à l'Évangéliste.

Il connaît les miennes et celles de chaque homme.

43

Apocalypse et Espérance

V

> « Et j'ai vu dans la droite de celui qui est sur le trône, écrit au-dedans et au dos et scellé de sept sceaux... Qui est digne d'ouvrir le livre et d'en rompre les sceaux ?... Digne est l'agneau égorgé de recevoir la puissance, la richesse, la sagesse, la force, l'honneur, la gloire et la bénédiction. »
>
> Apocalypse de Jean, V, 1, 2, 12.

Je laisse s'éloigner Claudia Romano et Rosa Berelowicz. Veraghen les entraîne en les tenant par la taille. J'entends son rire.

Tous les autres – Moralès, Natakis, Boyon, Wessermann – leur emboîtent le pas.

Claudia me fait signe, m'invite à les rejoindre. Veraghen se tourne vers moi, m'interpelle :

« Paul, prenez donc la vie comme elle vient ! »

Je m'assieds à même le sol, dos appuyé au tronc d'un olivier. Je ne peux plus vivre comme eux et, lorsque je parcours les chemins de ma mémoire, il me semble n'avoir jamais connu leur insouciance, leur légèreté.

La vie était pour moi une paroi verticale que je devais gravir à mains nues, collant au rocher, me dépouillant de tout ce qui m'alourdissait, et chaque mètre gagné devait être payé d'un sacrifice.

Ma seule joie – mais ce mot-là ne convient pas, il faudrait employer un terme comptable : profit, gratification ? – était non pas de jouir, mais de conquérir.

Je voulais prendre et posséder.

Je sais aujourd'hui que j'ai ainsi troqué l'essentiel contre le dérisoire.

La vie de Marie, ma fille, contre mes ambitions.

J'ai cru accéder au sommet et, lorsque j'ai levé la tête, sûr de ne trouver au-dessus de moi que le ciel éclatant, j'ai vu l'ombre que faisait, en surplomb, une roche dont l'horizontale agressivité m'interdisait même de rêver pouvoir m'y agripper.

Mon désespoir douloureux, mon aveugle vanité font que je ne suis qu'un être quelconque, à l'image de ceux qui s'engagent tous dans la même vaine escalade.

Ils désirent le dérisoire.

Or il ne peut y avoir de civilisation là où l'on préfère la verroterie au diamant.

Ce que j'ai fait, ce qu'ils font tous.

« Il faut prendre la vie comme elle vient », dit Veraghen.

Il se trompe, il se ment.

« Vivre, ce n'est pas prendre, c'est donner. »

La conquête est vaine ; la possession, c'est la mort.

Ils sont revenus vers moi, fourbus et silencieux. Veraghen a concédé que l'horizon du côté de l'Asie était bouché, le vent au sommet de l'île, glacial.

« Vous n'êtes qu'un prophète de malheur, Paul. Vous aviez prévu l'orage. »

Il s'est assis en face de moi, m'a défié.

« Qu'est-ce que vous offrez, Paul, en compensation ? »

J'ai sorti de ma sacoche ce livre écorné que je garde toujours avec moi parce que les textes sacrés qu'il contient sont une source inépuisable.

Je l'ai ouvert au hasard :

« Première lettre de Paul aux Corinthiens », ai-je dit.

Veraghen a secoué la tête, puis, d'un geste las, m'a invité à commencer.

J'ai lu à voix basse :

« Parmi les dons de Dieu, vous cherchez à obtenir ce qu'il y a de meilleur ; eh bien, je vais vous indiquer une voie supérieure à toutes les autres.

« J'aurais beau parler toutes les langues de la terre et du ciel, si je n'ai pas la charité, s'il me manque l'amour, je ne suis qu'un cuivre qui résonne, une cymbale retentissante.

« J'aurais beau être prophète, avoir toute la science des mystères et toute la connaissance de Dieu et toute la foi jusqu'à transporter des montagnes, s'il me manque l'amour, je ne suis rien.

« J'aurais beau distribuer toute ma fortune aux affamés, j'aurais beau me faire brûler vif, s'il me manque l'amour, cela ne me sert à rien.

« L'amour prend patience... il supporte tout, il fait confiance en tout, il espère tout, il endure tout ; l'amour ne passera jamais. »

C'est Claudia Romano qui s'est levée la première et s'en est allée.

J'ai refermé le livre.

44

Apocalypse et Espérance

VI

> « Quand il a ouvert le cinquième sceau, j'ai vu sous l'autel les âmes de ceux qui ont été égorgés à cause de la parole de Dieu et à cause du témoignage qu'ils portaient. »
>
> Apocalypse de Jean, VI, 9.

Enfin seul !

Leur bruyante gaieté m'oppressait et, quand ils ont décidé de se rendre au grand bal de l'Assomption, organisé comme chaque année sur le quai principal du port de Skala, j'ai éprouvé un sentiment de délivrance.

Aucun n'a essayé de me convaincre de les accompagner.

Seule Claudia Romano, la tête penchée, les cheveux couvrant son épaule droite, m'a regardé avec insistance. Peut-être voulait-elle m'inciter à me joindre à eux ? Mais Vangelis Natakis lui a pris la main et l'a entraînée.

N'est resté autour de moi que le silence, que déchiraient parfois quelques notes aiguës portées par la brise de mer.

J'ai marché jusqu'à cette terrasse plantée de citronniers d'où l'on aperçoit les maisons cubiques de Skala collées les unes contre les autres.

J'ai vu les guirlandes multicolores. Je les ai imaginées tendues entre la façade de l'hôtel Xénia et les mâts qu'on avait dressés près des estrades.

On dansait sous le chapiteau. On célébrait la Vierge Marie enlevée, montée au ciel.

Ma fille Marie, ma décharnée, avait elle aussi été emportée, mais dans quel Enfer, dans quel étang de soufre et de feu ?

J'ai quitté la terrasse odorante et, à chaque pas qui me rapprochait du petit cimetière vers lequel, sans l'avoir décidé, je me dirigeais, la souffrance et le désespoir m'ont de nouveau étreint.

Ce n'étaient plus les rires et les voix qui m'accablaient, mais ce silence dont j'avais souhaité la venue et qui maintenant m'étouffait.

Hélas, j'étais seul.

Je me suis assis sur l'une des tombes ensevelies sous les herbes emmêlées.

Je me suis souvenu du verset 9 du chapitre VI de l'Apocalypse de Jean.

Marie était-elle une « des âmes de ceux qui ont été égorgés à cause de la parole de Dieu et à cause du témoignage qu'ils portaient » ?

J'ai prié pour qu'elle l'ait été, que la lame qu'elle avait tournée contre elle n'ait point été celle du sacrilège, mais du sacrifice.

J'ai pensé une nouvelle fois que l'unique manière de vivre la mort était de l'offrir en sacrifice, d'en accepter le mystère et d'espérer la résurrection, cette communion de tous les corps, de toutes les âmes.

Je me suis levé et j'ai déambulé entre les tombes.

Comment ne pas se sentir lié à cette semence humaine, à toutes les espérances englouties ?

Pouvait-on admettre qu'elles aient été anéanties, que leurs prières et leurs amours aient été vains ?

J'entre dans la grande pièce de la bergerie.

Je pose le livre devant moi. Je sens le regard de Marie qui me transperce.

Je lis à haute et lente voix :

« Et j'ai vu quand il a ouvert le sixième sceau, et ç'a été une grande secousse, le soleil a été noir comme un sac de crin, la lune entière a été comme du sang.

« Les étoiles du ciel sont tombées sur cette terre comme un figuier secoué de grand vent jette ses figues vertes. »

Je ferme les yeux, pose ma tête sur le livre comme un homme qui attend le coup qui va trancher sa nuque, et qui s'offre en sacrifice pour racheter son crime.

« Car il est venu, le grand jour de la colère, et qui peut tenir debout ? »

45

Apocalypse et Espérance

VII

> « Ils n'auront plus faim, ils n'auront plus soif et jamais plus le soleil ne les frappera, ni aucune brûlure. »
>
> Apocalypse de Jean, VII, 16.

Je reste immobile, la nuque offerte.

Mais il me semble que l'énorme vague noire s'est figée. Elle était prête à déferler, mais tout dans l'univers s'est arrêté. Le glaive est brandi, mais ne s'abat pas.

La mort attend, mais je ne suis pas prêt à l'accueillir.

Je n'ai pas le courage du sacrifice, je ne peux retourner la lame contre moi.

J'espère encore que Dieu acceptera ma lâcheté, qu'Il usera de Sa compassion pour que la mort me saisisse par surprise, que je meure vivant, d'une pierre tombée alors que je longe la falaise.

Ou bien que, dans mon sommeil, ma tête explose, mon cœur se fende, mon sang me noie, en sorte que je glisse de l'inconscience à la mort.

J'attends.

C'est un moment de répit, un ultime sursis pour moi, pour tous les hommes, pour l'univers.

La Bête n'est pas lâchée.

Le septième sceau n'est pas brisé.

Je ne suis pas livré, précipité dans les flammes. L'homme peut se sauver s'il entend les paroles que Jean a retranscrites dans l'Apocalypse :

« Voici, je me tiens à la porte et je frappe. Si quelqu'un entend ma voix et ouvre la porte, j'entrerai chez lui et dînerai avec lui, et lui avec moi...

« Ne nuisez pas à la terre ni à la mer ni aux arbres tant que nous n'aurons pas scellé au front les esclaves de notre Dieu. »

J'ouvre la porte. La lune est couleur de sang.

Je ne sais qui j'attends alors que, je le pressens, le répit qui m'est accordé, qui a été concédé aux hommes, est sur le point de s'achever.

Il faudrait que les hommes se réconcilient et se partagent entre la terre et l'eau.

Il faudrait que plus personne, du haut de son intérêt, de sa foi, de sa haine, ne désigne le peuple qu'il faut exterminer.

Il faudrait que les plus pauvres des enfants soient accueillis comme s'ils étaient des rois mages.

Il faudrait que Caïn ne tue pas Abel.
Il faudrait que la chair devienne esprit.

Je reste sur le seuil.
Je sais qui j'attends, qui j'espère.
Mais Claudia n'est pas venue.
J'ai abandonné Marie, ma fille, et elle est morte.

46

Apocalypse et Espérance

VIII

« Et j'ai vu et entendu un aigle voler au zénith et dire à grande voix : "Malheur, malheur, malheur aux habitants de la terre !" »

Apocalypse de Jean, VIII, 13.

Maintenant, c'est l'orage.

La pluie crépite contre les vitres, martèle les tuiles.

Le vent s'infiltre en hurlant, donne des coups de boutoir contre la porte.

J'ai l'impression qu'il a la force de soulever et de renverser la bergerie.

Je m'accroche au rebord de la table, devant l'écran noir de l'ordinateur.

Le septième sceau a été brisé. Le sursis est achevé.

L'instant est proche. L'heure, venue.

J'ouvre le livre. Je ne peux lire dans l'obscurité, mais je me souviens de ce qu'écrit Jean au chapitre VIII de l'Apocalypse.

Jean décrit sans nommer. Moi, j'arrache les masques et dis ce que je vois.

Voici le feu nucléaire qui détruit les villes de Nagasaki et de Hiroshima.

Voici Auschwitz et la barbarie absolue.

Voici les bombes au phosphore qui transforment en torches les habitants de Dresde.

Chaque pays, au lieu de nourrir son peuple, construit des silos pour accueillir les fusées capables de porter la mort aux antipodes.

« Malheur, malheur, malheur aux habitants de la terre !

« Le tiers du soleil et le tiers de la lune et le tiers des étoiles ont été frappés. Ils ont été obscurcis d'un tiers, et le jour a brillé un tiers en moins, et la nuit de même. »

Les prophéties qu'énonce Jean décrivent notre XXe siècle et le XXIe qui commence.

Les poussières, les fumées de nos usines, les gaz de nos voitures voilent le ciel d'un rideau gris en passe de virer au noir.

Et nous avançons dans la pénombre, un masque sur nos visages pour ne pas respirer l'air vicié, chargé de particules mortelles.

La terre tremble. Maisons et palais s'effondrent. Des failles s'ouvrent dans les fonds sous-marins. La lave jaillit. Des vagues gigantesques déferlent, balaient les plages du plaisir et de la prostitution. Hommes, femmes, enfants sont emportés. Leurs corps disloqués ne sont plus que des épaves porteuses d'épidémies quand la mer se retire.

Tout est désordre et crime.

Des hommes-bombes font exploser les tours de New York. D'autres qui prétendent incarner la justice et le droit torturent, humilient, livrent aux chiens et aux insectes leurs prisonniers qui ne sont souvent que des suspects.

Sur tous les continents, à chaque instant, Caïn tue Abel.

Partout, la mort rôde.

Elle enrôle des enfants, les drogue, leur fourre entre les mains des armes plus grandes, plus lourdes qu'eux, mais avec lesquelles ils tuent des femmes qui sont leurs mères ou leurs sœurs, des hommes qui sont leurs pères ou leurs frères.

Des mines explosent sous leurs pas et les voici estropiés, les yeux vitreux, mendiants affamés.

La mort fait irruption dans les villes opulentes. Des hommes meurent de froid sur des trottoirs, des enfants brûlent dans des logis insalubres.

D'autres se prostituent.

Sur d'autres continents, on massacre, on viole, on mutile. La guerre s'avance.

Le fanatisme, la volonté de tuer marchent du même pas que la misère et la faim.

On exécute des hommes par milliers, puis l'on dépèce leurs corps pour en vendre les organes.

On expose des cadavres écorchés comme s'il s'agissait d'œuvres d'art.

L'homme est devenu une marchandise.

Il saccage son univers sans réussir à maîtriser ses instincts de pillard, de destructeur.

Jean l'a écrit dans l'Apocalypse, sa prophétie est notre présent :

« Beaucoup d'hommes sont morts à cause des eaux devenues amères. »

L'instant est proche.

L'heure est venue de la fin des temps.

47

Apocalypse et Espérance

IX

> « En ces jours-là les hommes chercheront la mort et ne la trouveront pas, ils désireront mourir et la mort les fuira. »
>
> Apocalypse de Jean, IX, 6.

Je cache mon visage sous mes paumes, écrase mes paupières. Je ne veux pas voir la mort s'approcher alors que j'entends son souffle rauque.

Elle est à l'œuvre, dit Jean dans l'Apocalypse :

« Elle a ouvert le puits de l'abîme et une fumée est montée du puits comme une fumée de grande fournaise... De cette fumée sont sorties des sauterelles qui ont le pouvoir qu'ont les scorpions de la terre... Elles ont des queues pareilles aux scorpions, avec des dards, et dans leurs queues est le pouvoir de tourmenter les hommes cinq mois durant... »

Je hurle et prie pour que la mort me saisisse au plus vite.

J'ai peur d'être l'un de ces prisonniers enchaînés, au corps couvert d'insectes qui les griffent, les mordent, s'infiltrent sous leurs paupières, tentent de s'introduire dans leur bouche. Et ces hommes crient de douleur et de terreur mêlées.

Dante n'a pas imaginé cela, mais je discerne ces prisonniers. Leurs gardiens les ont filmés, les images en sont projetées sur tous les écrans du monde. L'on s'en repaît et s'en indigne, car ce que l'homme a fait, il peut le refaire. Dans les cachots, d'autres détenus sont torturés, livrés aux molosses, noyés sous des trombes d'eau. On les arrache à la mort, non pour les rendre à la vie, mais pour les confier à d'autres tortionnaires.

Je voudrais tant que la mort s'empare de moi.

Mais Jean l'a écrit :

« En ces jours-là les hommes chercheront la mort et ne la trouveront pas, ils désireront mourir et la mort les fuira. »

Il faut que je l'appelle, que je la retienne.

Si elle se dérobe, je dois trouver la force d'être mon propre bourreau.

Je dois accomplir les gestes que ma fille Marie a eu le courage de faire.

Telle est ma seule espérance, puisque les hommes sont voués à attendre dans le tourment et l'effroi.

Ils ne reconnaissent pas leurs fautes.

Jean le sait :

« Ils ne se sont pas convertis de leurs meurtres, de leurs drogues, de leurs prostitutions ni de leurs escroqueries. »

Moi, Paul Déméter, je m'accuse et me repens.
Voici mes poignets, voici ma gorge.
Mort, tends-moi ta faux, ta lame aiguisée !
Et que mon sang coule !

QUATRIÈME PARTIE

La nuit de la trahison

48

Moi aussi, comme Paul Déméter, j'ai dissimulé mon visage sous mes paumes et écrasé mes paupières.

L'ordinateur était un abîme empli de sang.

Les mots de Déméter s'agrippaient à moi, grouillaient sur mon corps. Ils arrachaient par lambeaux mon identité. Je n'étais plus Rafaele Di Pasquale, mais le double de Déméter, son frère.

J'étais Abel et il était Caïn.

Il était le Crime, la Mort. J'étais l'agneau égorgé. Je l'ai injurié, j'ai crié à son encontre, prononçant à dessein des mots sacrilèges que je croyais ne pas connaître.

La foudre ne m'a pas frappé, je me suis au contraire senti libéré, tel un prisonnier qui a réussi à s'enfuir et court, libre, enfin libre !

J'ai fait rapidement défiler les pages et, comme si ma décision de cesser de le lire avec attention avait suffi à m'arracher au maléfice de ce texte obsessionnel, il m'est apparu – je m'en suis convaincu – que, ligne après ligne, Déméter n'avait fait que répéter indéfiniment ce qu'il avait écrit au début de son texte.

Apocalypse et Espérance, avait-il intitulé ?

Allons donc !

Il ruminait avec plus ou moins d'inspiration, mais toujours avec emphase, les mêmes thèmes.

Son texte exsudait la Mort, jamais l'Espérance.

La Bête – le Diable – avait-elle été libérée de sa prison ? Elle avait la cruauté d'un Néron.

« Que l'intelligent calcule le chiffre de la Bête, car c'est un chiffre d'homme, et ce chiffre est 666. »

Déméter s'efforçait de trouver la valeur numérique des noms des successeurs de Néron : Hitler, Staline.

Puis il annonçait la « guerre du grand jour du Dieu tout-puissant ».

Les sept bols de la fureur de Dieu déversés sur terre. La mer vitrifiée, les rues couvertes de cadavres. Les hommes se repaissant « des chairs de rois, des chairs de chefs, des chairs de forts, des chairs de chevaux et de cavaliers, des chairs de tous, hommes libres ou esclaves ».

« Malheur ! malheur ! » répétait-il.

L'ultime affrontement entre les armées de Dieu et celles de la Bête se déroulait à Armageddon.

Les villes étaient brisées en trois morceaux. Babylone la Grande, mère des prostituées et des horreurs de la terre, était détruite. Selon les pages, les lignes, la Grande Prostituée était, pour Déméter, New York ou Paris, ou encore celle qu'il appelait Babel, ville d'Occident aux cent tours, qui avait voulu atteindre le ciel...

Il lisait ces débuts du XXIe siècle dans le miroir de l'Apocalypse de Jean. Et ce mégalomane, ce père coupable et complaisant s'imaginait écrivant un texte dont l'écho serait aussi grand que celui que l'Évangéliste avait dicté dans la grotte de Patmos !

Paul Déméter ne vivait-il pas à Patmos comme Jean y avait vécu ?

J'ai éteint l'ordinateur et suis resté assis bras croisés, aussi égaré qu'un errant amnésique qui ne sait où il se trouve ni où il va, ni même qui il est.

J'ai laissé couler le temps.

Peu après – une heure, un jour ? –, Vassilikos a fait irruption dans la bergerie.

49

Il s'est assis en face de moi, de l'autre côté de la table.

Il souriait avec condescendance et j'ai eu l'impression d'être une proie qu'il flairait.

Il se passait la main dans les cheveux, puis, du bout des doigts, se caressait la joue. Il a fouillé dans ses poches, en a sorti un étui à cigares, me l'a tendu. Je l'ai repoussé.

Il a plissé les paupières et sa mimique était pleine de commisération, de mépris.

Il s'est mis à fumer et l'âcre odeur de ce cigare italien, un toscan, m'a donné la nausée.

Il s'est levé, a fait le tour de la grande pièce, puis s'est arrêté devant le portrait de Marie.

« C'est fini, mon cher Di Pasquale. Fini », a-t-il dit.

Il est revenu s'asseoir et, en passant près de moi, m'a tapoté l'épaule. J'ai sursauté, me suis écarté.

« Je les ai tous retrouvés », a-t-il repris.

Il a posé devant lui quelques feuillets couverts de notes.

Vangelis Natakis, Vincent Boyon, Louis Veraghen avaient été interrogés à Athènes.

La police surveillait Natakis, un agitateur, étudiant à l'École polytechnique d'Athènes. On l'avait arrêté pendant les émeutes et il avait aussitôt livré l'adresse des autres : Boyon, Veraghen, mais aussi Moralès, Wessermann et Rosa Berelowicz.

« C'est toujours plus simple qu'on n'imagine », a ajouté Vassilikos.

Il s'est balancé sur sa chaise.

« Nos mythologies ne sont que de sordides affaires d'adultère, de jalousie, des faits divers familiaux racontés par des phraseurs. Si vous arrachez du récit les fioritures, il reste la rivalité d'un fils et d'un père, l'attitude ambiguë d'une mère, celle d'une épouse que l'on tente de séduire en profitant de l'absence du mari. »

Il s'est interrompu et j'ai fini par accepter l'un de ses cigares, secs, âpres. Avoir la gorge, les gencives, les lèvres irritées m'a fait oublier la colère qui montait en moi.

Mieux valait mâchonner un toscan que marteler à coups de poing le visage de Vassilikos.

Il a tendu le bras, montrant le portrait de Marie. Puis ce fat, ce pauvre con m'a expliqué sentencieusement que Paul Déméter n'avait tout simplement pas supporté la mort de sa fille, dont il s'accusait d'être responsable.

J'ai eu envie de le foutre dehors, de lui hurler que j'avais compris cela avant même de lire une ligne du professeur. Mais la bêtise, la prétention, la vanité du Grec m'accablaient, et je l'ai laissé poursuivre.

Déméter avait donc confié à ses étudiants et à Veraghen qu'il était décidé à mettre fin à ses jours. Et, en effet, il avait répété les gestes de sa fille, se tailladant les poignets, puis écrivant avec son sang le nom de ses « témoins » sur le mur de la chapelle, de part et d'autre de l'autel.

Puis il s'était traîné jusqu'à cette niche, ce cercueil de pierre ouvert dans le mur du monastère Haghios Ioannis Théologos. Là, il s'était tranché la gorge et les étudiants n'avaient pu l'en empêcher.

« Mise en scène macabre, a conclu Vassilikos. Mais les dépositions des témoins sont identiques. Il n'y a pas place pour le doute. L'affaire est bouclée. Suicide d'un père, scénario conçu par un homme qui veut échapper à la banalité. Cher Di Pasquale, il faut toujours se méfier des écrivains, des professeurs : tous mégalomanes ! Jusqu'à ce qu'on les interroge vigoureusement, les témoins n'ont pas voulu contredire la dernière œuvre de votre Déméter. Ils ont respecté son ultime volonté de disparaître dans l'éclat d'un grand crime symbolique et mystérieux. »

Vassilikos s'est approché, a posé ses mains sur mes épaules et je l'ai laissé faire, tant sa morgue m'écrasait.

« Vous aussi, Di Pasquale, comme ces étudiants et ce Veraghen, vous rêviez de participer à un événement extraordinaire : le crime de Patmos ! Votre incendie de Rome ! »

Je me suis levé, l'ai repoussé.

« Et Claudia Romano ? » ai-je demandé.

Vassilikos a fait la moue, haussé les épaules. Il a enfin concédé qu'il n'avait pas retrouvé ce septième témoin.

« Vous n'allez pas m'emmerder avec celle-là ! a-t-il ronchonné.

— Le septième sceau, le septième sceau ! » ai-je murmuré.

50

J'ai brisé le septième sceau.

« Et j'ai vu les sept anges qui se tiennent devant Dieu, et on leur a donné sept trompettes », écrit Jean dans l'Apocalypse. Chaque nuit, durant plus d'une année, « sept tonnerres ont fait parler leurs voix ».

Et, dans le verset 7 du chapitre VIII, Jean l'Apôtre exprime ce que nuit après nuit j'ai ressenti :

« Ç'a été de la grêle et du feu mêlés de sang et jetés sur la terre, et le tiers de la terre a brûlé, le tiers des arbres ont brûlé, toute herbe verte a brûlé. »

Tel fut mon cauchemar quotidien.

C'est moi qui étais enseveli dans le petit cimetière de Patmos, là où avait été inhumé Déméter.

Il avait légué sa bergerie à la communauté monastique de Haghios Ioannis Théologos, et Monseigneur Skiathos avait accepté que le corps du suicidé repose entre les vieilles dalles, parmi les herbes folles.

Je devenais fou. Je grattais furieusement le couvercle du cercueil et me réveillais en sursaut, étouffé par la Bête qui me maintenait enseveli.

Je hurlais. J'étais devenu Paul Déméter. J'étais son double, sa réincarnation, son cadavre.

J'ai entrepris de coucher noir sur blanc ce que je ressentais, et d'abord ce que chaque nuit me donnait à voir :

« L'ange a pris l'encensoir, il l'a empli du feu de l'autel et l'a jeté sur la terre, et ç'a été des tonnerres, des voix, des éclairs et une secousse.

« Une grande étoile ardente comme une torche est tombée du ciel. »

Je réécrivais ce que Déméter lui-même avait écrit et concluais chaque page, chaque nuit, par ces lignes :

« Je dois accomplir les gestes que ma fille Marie a eu le courage de faire.

« Telle est ma seule espérance.

« Voici mes poignets, voici ma gorge.

« Mort, tends-moi ta faux, ta lame aiguisée !

« Et que mon sang coule ! »

L'idée d'aller à la rencontre de la Mort, de la devancer, de la contraindre à me frapper afin d'échapper à l'angoisse de l'attente, de choisir, moi, homme libre, le moment, m'a obsédé.

C'est alors que j'ai pris la décision de retourner à Patmos. Il m'a suffi de quelques heures pour justifier et organiser mon départ : médecin, congé maladie, agence de voyages, sac contenant vêtements et livres, et, après tant de jours et de nuits d'angoisse et d'insomnie, la paix en moi.

J'étais en route pour la fin du voyage.

Paul Déméter avait dû éprouver ce même sentiment de libération, quand la décision est prise, qu'il ne suffit plus que d'accomplir quelques gestes pour que le rideau tombe.

Puis je suis entré dans le hall de l'hôtel Xénia, à Skala.

J'ai vu cette jeune femme dont les cheveux noirs, mi-longs, tombaient sur l'épaule droite, et j'ai su aussitôt qu'il s'agissait de Claudia Romano.

Elle était grande et frêle. J'ai pensé : *décharnée ; Claudia, ma décharnée.*

Quand je l'ai interpellée, elle ne s'est pas dérobée.

« Vous, ai-je commencé, vous n'avez rien dit. »

Je l'ai fixée, plongeant dans ses yeux.

« Vous n'avez pas voulu ou pas pu mentir. »

Elle a baissé la tête.

« Racontez-moi. »

Je l'ai rassurée – je me suis rassuré – en enveloppant ses épaules de mon bras.

« Racontez-moi. Vous avez besoin de parler, et moi d'entendre. »

51

Claudia a raconté :

« C'était la nuit de la trahison. Nous étions vautrés dans cette oliveraie qui entoure la bergerie. Nous buvions, fumions, divaguions, serrés les uns contre les autres, les uns sur les autres.

« Paul Déméter se tenait à l'écart, à quelques pas, adossé à un arbre. Peut-être avait-il bu, lui aussi. Il soliloquait, répétant qu'il méritait la mort, qu'il avait commis un crime, tué sa fille. Il prononçait de longues tirades, puis, tout à coup, il laissait sa tête retomber sur sa poitrine. Veraghen l'interpellait, l'insultait, l'accusait de lâcheté. Et nous mêlions nos voix à la sienne pour crier : "Tue-toi ! Tue-toi et fous-nous la paix !"

« Quelqu'un a lancé : "Si tu veux, nous, on te tue !" »

Elle s'est interrompue.

Je marchais près d'elle sur le quai désert du port de Skala. Le vent soufflait fort. Le mugissement des rafales qui s'engouffraient dans les ruelles accompagnait le choc sourd des coques poussées les uns contre les autres. Les drisses des voiliers grinçaient.

Jamais le ciel nocturne ne m'avait paru aussi lumineux.

« C'était le même ciel, a repris Claudia, plein d'amoncellements d'étoiles, de grumeaux de lumière, de millions de regards.

« "On te tue !" : voilà ce que j'ai crié avec les autres.

« Paul Déméter s'est levé, a écarté les bras.

« "Tuez-moi donc !"

« Nous avons commencé à le lapider avec des mottes de terre sèche, puis avec des pierres que certains d'entre nous allaient chercher dans le chemin menant à la bergerie.

« Il s'est protégé le visage avec son bras replié à hauteur d'yeux.

« Cet hypocrite, ce salaud de Veraghen l'a insulté, lui remontrant qu'il était comme nous tous accroché à la vie, parce qu'il n'y avait qu'elle, que tout le reste était foutaise. Ne le savait-il pas, même s'il prétendait être croyant, prophète, et pourquoi pas le Christ revenu parmi nous ?

« "On te tue !"

« Nous nous sommes approchés, nous l'avons bousculé et il s'est enfui.

« Nous avons hésité, puis nous l'avons poursuivi jusque dans la chapelle. Il se tenait devant l'autel, les poignets ensanglantés. Il avait inscrit nos noms sur le mur de part et d'autre de l'autel.

« Veraghen l'a empoigné aux épaules, l'a secoué, injurié, accusé de vouloir nous compromettre alors qu'il s'était à peine égratigné les poignets, ce *comediante* !

« “On va te tuer pour de bon, monsieur le Professeur !” »

Elle s'est mise à trembler, à hoqueter, à sangloter. Je l'ai prise contre moi et elle s'est accrochée à mon cou comme si elle-même avait craint d'être précipitée dans une fosse.

Je me suis souvenu de ce qu'avait écrit Paul Déméter, évoquant cet abîme dans lequel il avait cru basculer, la nuit où il avait appris la mort de Marie la décharnée.

Et je me suis mis à étreindre le corps de Claudia la décharnée que Déméter avait lui aussi tenue dans ses bras.

« La haine, j'en ai eu la révélation cette nuit-là, a-t-elle dit.

« Déméter avait été notre professeur, nous l'avions écouté, aimé. Veraghen prétendait que nous étions ses disciples. Or nous l'encerclions de notre haine, nous le frappions, nous voulions le tuer. »

Claudia a étouffé un cri.

« Veraghen a ramassé le couteau de Déméter qui gisait par terre et l'a tendu... »

Elle s'est tue, tout à coup, murmurant qu'elle ne voulait pas donner les noms de ceux qui avaient frappé, parce que tous étaient complices, tous avaient laissé faire.

Elle aussi, comme les autres.

« Pourquoi, pourquoi ? » a-t-elle chuchoté.

L'alcool, la drogue ? ai-je demandé.

Elle s'est écartée de moi. Elle a gesticulé, secoué la tête, répété qu'ils étaient tous responsables. Ils avaient voulu tuer Deméter. Ils s'étaient passé le couteau. Ils lui avaient tranché les poignets, la gorge, puis l'avaient frappé au flanc droit.

Le coup de lance du légionnaire romain blessant le Christ.

Ils avaient été « des chiens, des drogueurs, des prostitueurs, des meurtriers, des idolâtres, et quiconque aime ou fait le mensonge ».

Elle connaissait ce verset 15 du chapitre XXV de l'Apocalypse de Jean.

Elle l'a récité à nouveau et, peu à peu, elle s'est calmée.

Elle n'a plus parlé que par bribes, livrant cependant assez de détails pour que je puisse reconstituer les derniers instants de Paul Deméter.

Ils avaient traîné le corps pantelant de la chapelle jusqu'au mur du monastère.

« Il était encore vivant. On aurait pu le sauver », a-t-elle murmuré.

Il saignait.

Veraghen ne cessait de répéter :

« Il s'est suicidé, nous l'avons tous vu se trancher la gorge. Il s'est suicidé, nous ne dirons pas autre chose ! »

C'était un agneau égorgé qu'on plaçait entre les colonnes de marbre et dont le sang allait sécher sur la pierre blanche.

On l'avait enfoncé entre les parois. Ainsi maintenu, il était une pauvre statue mutilée.

« Suicide, suicide ! avait martelé Veraghen. Il nous faut quitter Patmos avant qu'on ne le découvre. »

Tous s'étaient enfuis, Veraghen courant le plus vite, les distançant.

Au port de Skala, il avait affrété une grosse barque de pêcheur afin qu'on le conduisît à Samos. Seule Rosa Berelowicz était partie avec lui.

La lune était rouge, la mer plane comme un miroir.

Les autres – Natakis, Boyon, Moralès, Wessermann – avaient embarqué sur la vedette qui appareillait de Skala à huit heures.

« Je suis restée jusqu'à l'aube auprès de Paul », a dit Claudia.

Elle n'avait quitté Patmos que le lendemain soir par la vedette de vingt heures, perdue au milieu des touristes de la journée, puis elle avait vécu quelques jours à Athènes avant de rejoindre sa famille à Parme.

Là, elle s'était vouée à l'étude de l'œuvre de saint François d'Assise.

Je l'ai écoutée réciter d'une voix ardente la première règle de saint François :

« Faites pénitence, faites de dignes fruits de pénitence,

« Car nous mourrons bientôt.

« Donnez et il vous sera donné. Remettez et il vous sera remis.
« Heureux ceux qui meurent dans la pénitence,
« Car ils seront dans le royaume de Dieu. »

Elle s'est arrêtée devant l'entrée de l'hôtel Xénia.

« Paul Déméter est mort dans la pénitence », a-t-elle murmuré.

Elle m'a longuement dévisagé. Je n'ai pas baissé les yeux. Il fallait que je la rassure, la convainque de faire un dernier aveu.

Elle a hésité, puis, s'éloignant, franchissant le seuil de l'hôtel, elle m'a dit :

« J'étais enceinte de Paul. L'enfant est mort. »

J'étais – je ne puis choisir entre ces mots – incroyant, athée, agnostique. Disons que j'étais réaliste, sceptique par inclination, expérience et métier.

Jamais, pourtant, je n'avais éprouvé, comme cette nuit-là à Patmos, dans la chambre de l'hôtel Xénia, combien la vie est mystère.

Mystères, les destins de Déméter, de Marie, de Claudia.

Mystère, le destin de cet enfant mort.

Clair m'est apparu le choix entre absurdité et foi. Barbarie et amour. Saurais-je trancher ?

Il me fallait coucher sur le papier ce moment de ma vie à Patmos, dire et comprendre ce que j'avais vécu à quelques pas de la grotte où Jean avait dicté l'Apocalypse.

J'ai ouvert le livre de Jean à la dernière page et j'ai lu :

« Voici, je viens bientôt et, avec moi, le salaire pour payer à chacun ce que vaut son œuvre.

« Je suis l'alpha et l'oméga, le premier et le dernier, le principe et la fin. »

« La grâce du Seigneur Jésus soit avec tous ! »

Table

10274

Composition
NORD COMPO

Achevé d'imprimer en Espagne
par BLACKPRINT CPI IBERICA
le 13 février 2013.

Dépôt légal février 2013.
EAN 9782290042144
OTP L21EPLN001210N001

ÉDITIONS J'AI LU
87, quai Panhard-et-Levassor, 75013 Paris

Diffusion France et étranger : Flammarion